Hermann Burger

Blankenburg

Erzählungen

S. Fischer

© 1986 S. Fischer Verlag GmbH, Frankfurt am Main
Satz: Wagner GmbH, Nördlingen
Druck und Einband: Franz Spiegel Buch GmbH, Ulm
Printed in Germany 1986
ISBN 3-10-009614-2

Der Puck

Ein Eismärchen

Nach einer föhnigen ersten Dezemberwoche, die nur Kopfwehschnee gebracht hatte, Kandiszucker an den Straßenrändern, sank das Thermometer und blieb auf zehn Grad minus sitzen. Die Bise trug dazu bei, daß Teiche und Tümpel noch vor Weihnachten zufroren, so daß man bereits am Stephanstag ans Eishockeyspielen denken konnte.

Auf dem Estrich band ich mein Stockblatt mit schwarzem Isolierband ein. Die Klammerschlittschuhe hingen an einer roten Schnur im Gebälk, zwischen Zwiebeln und stiebenden Melissenstauden. Diese Angstgerüche alter Bubenverstecke: Dörrobst, Mottenkugeln und Kernseife. Leider hatte ich wieder keine Hockeystiefel bekommen. Mein Vater, der mit den Kufen über den See gelaufen war, fand, sie täten ihren Dienst noch lange. Ich mußte mit dem Winkelschlüssel beinahe die rostigen Gewinde vermurksen, bis sich die Backen bewegten, und nahm mir vor, die Eisen bei Gelegenheit geschickt zu verlieren, denn sie waren wie alles in unserem Haus gut versichert.

Alle hatten Stiefel seit Weihnachten, Luchsinger sogar rote mit Beinstützen. Im Tor konnten sie mich vielleicht dennoch gebrauchen, als Lückenbüßer. Der Puck in der Schuhschachtel: ich wog ihn in der Hand. Sollte er mit? Nein, sagte ich mir, er ging ja doch nur verloren, und dann war ich der Dumme.

Ein grauer Nachmittag. Ich gabelte meine Kufen

auf, bei denen es sich nicht einmal mehr lohnte, den Hohlschliff zu erneuern, und schulterte den Stock. Stein und Bein gefroren. Die Bäume in ihren Gichtkronen sahen aus wie verhexte Nebelscheuchen. Ich hatte vor, zur Kiesgrube hinaufzugehen, denn die Lehmwassertümpel auf den Schuttkegeln unterhalb des Schmulzenkopfes waren beliebte Spielfelder. Das Eis über dem gelben Brei war zwar dünn, doch es hielt. Nur wenn man zu hart mit dem Stock schlug, kam es vor, daß einer mal einen Schuh voll Lätt herauszog. Sicher hatten die Burschen schon Mannschaften gewählt und angefangen. Spielten sie nicht in der Grube, dann freilich mußten die alten Feuerweiher auf der Hochebene zugefroren sein. Seit Jahren waren sie nicht mehr freigegeben worden.

Am Ausgang des Maschinenwäldchens verließ ich den harten Fußweg und stieg hinauf zur Straße, wo ich das ganze Kiesareal überblicken konnte. Kein Knochen weit und breit. Die graupeligen Lehmaugen wurden überragt vom Schotterturm, dessen geborstene Bretterverschalung von einer dicken, graugrünlichen Mehlschicht überzogen war. Ein Schrägaufzug mit ausgerenkter Wanne führte bis dicht unters Wellblechdach. Im Innern der abbruchreifen Bude konnte man verschmierte Bestandteile des Schwingsiebs erkennen.

Die Werkstraße führte zwischen den Kiesbergen durch und verlor sich im Abbaugebiet. Zuhinterst eine Baracke, ein festgerammter Löffelbagger. Darüber türmte sich die offene Wand des Schmulzenkopfes. Überhängende Wurzelnester. Es war so still, daß man das Regnen der Steine hörte, die über die Eisbärte auf den Geröllkegel kollerten. Die Wracks der Raupenfahrzeuge und Kamintraktoren wirkten wie Trümmer auf einem Schlachtfeld, als ob die Grubenmannschaft mit ihren ungelenken Sauriern und gezahnten Brechschaufeln unermüdlich gegen die Wand angerannt wäre, bis alle Motoren verreckten.

Die Lust zu einem Spaziergang durch die verlassene Kiesgrube war da, doch dann packte mich wieder das Spielfieber, in Gedanken kombinierte ich schon mit Luchsinger, rote Linie, blaue Linie, obwohl wir die Feldabschnitte nie markierten, dafür war bei uns der Winter zu kurz. Ich nahm den Weg durch den Bleiwald, stapfte den Bach entlang, der dumpf zwischen bizarren Eisknollen gurgelte. Weiter oben trat er aus der mannshohen Röhre, die unter dem Kehrichthügel durchführte. Man nannte den gekrümmten Tunnel Rohrnudel, und er war immer wieder Schauplatz nächtlicher Mutproben. Man konnte ihn nur bezwingen, wenn man sich, mit dem Rücken zur Wand, seitwärts Schritt für Schritt vorantastete auf dem schmalen, glitschigen Rand des Kännels. Rutschte man aus, schwemmte einen der Bach bis zum Tanzenbein hinunter.

Nach einer knappen halben Stunde stand ich oben auf der Straße, die sich schnurgerade von den Berghöfen her zwischen den beiden Weihern durchzog. Unten im Tal die Rangiergeräusche auf dem Güterbahnhof. Puffer klirrten aufeinander. Über der Hochebene lag ein bissiger Rauch von Kälte. Nur als schwache Kulisse erkannte ich den Stierenberger Wald, die Lücke mit dem grauen Reservoir.

Am großen Weiher vorbei, dessen Böschung rechterhand steil anstieg, eilte ich zum unteren, der die Form eines diagonal abgeschnittenen Ovals hatte und auf der Bösmatt lag, jener Wiese über dem Steilhang des Bleiwaldes, auf der sich die Amateurreiter der Gegend auf die Springkonkurrenzen vorbereiteten. Fragmente eines Stangenoxers im Reiffeld, zwei ausgetretene Trabkreise. Gespielt wurde auf dem unteren Teich, weil der obere des einlaufenden Baches wegen selten ganz zufror. Von weitem schon hörte ich das Knallen des Pucks und sah ich die Mützen und Pullover der Burschen durcheinanderwirbeln.

Doch keiner bemerkte mich, als ich das Bord hinunterschlitterte, durch das verharschte Schilf trat und auf Kauers Tor zuging. Es war mit zwei Steinen markiert. Das Eis dröhnte von den Kufen. Wie erwartet: alle hatten Hockeystiefel an. Luchsinger führte das große Wort. Er hatte den schnellsten Antritt und den härtesten Schuß. Den Torhüter auf der andern Seite erkannte ich nicht, es mußte ein Ersatzmann sein. Großartig, wie Luchsinger seine Gegner mit Körpertäuschungen stehen ließ. Er übersetzte links- und rechtsherum, vorwärts und rückwärts kurvend. Rot, seine Mannschaft, lag im Rückstand, wie ich bald erkannte an seiner hastigen Abwehr. Öfter als gewohnt mußte er in der Verteidigung aushelfen. Vielleicht lag es nur daran, daß die Blauen einen Mann mehr auf dem Feld hatten. Als der Puck weit neben dem Tor ins Schilf flitzte, schwenkte ich den Stock und rief: »Luchsinger, kann ich mitspielen? Ihr habt doch einen zu wenig!«

Luchsinger kurvte herbei und stoppte dicht vor mir. Eismehl stäubte auf. Er prüfte meine Schlittschuhe.

»Mit diesen Großvatereisen? Kommt gar nicht in Frage. Eine Niete auf Entenfüßen hat uns gerade noch gefehlt bei diesem Resultat. Verschwinde! Auf dem Lehmweiher ist genug Platz für Anfänger.«

»Aber im Tor, Luchsinger, spielen doch die Schlittschuhe keine Rolle. Kauer könnte auf dem Feld mehr leisten.«

»Gerade dort«, rief der Captain davonschwingend zurück, »kommt es auf einen guten Stand an. Du fällst doch beim ersten Schlagschuß auf den Arsch!«

Der Puck war wieder im Spiel, Luchsinger baute den nächsten Angriff auf. Es war zum Verzweifeln! Weshalb wollte mein Vater nicht endlich einsehen, daß es ohne erstklassige Ausrüstung nicht mehr ging. Wenn ich klönte, Kauer habe Stiefel und Bertschi auch, sagte er gleichgültig: Wir sind nicht Kauers und nicht Bertschis. Immer hieß es: wir sind nicht die andern. Und zu spüren, daß wir nicht die andern waren, bekam ich es, einzig und allein ich. Mit dem Velo war es dasselbe. Alle – oder fast alle – besaßen Halbrenner, während ich Samstag für Samstag eine schwere englische Vorkriegsmaschine auf Hochglanz polierte. Fehlte nur noch, daß sie ein Kleidernetz hatte wie die Damenräder. Radball, ja, aber dafür gab Vater den Klepper nicht her.

Ich stand hinter Kauers Tor, die Schlittschuhe immer noch über die Schulter gehängt, und trat von einem Fuß auf den andern. Eine Bärenkälte. Ich machte Fäuste in den Hosensäcken. Wir nannten den Schmerz Kuhnägeln. Er begann in den Fingerspitzen und bohrte sich durch die Hände, bis sie nichts mehr greifen konnten. Man mußte sie zu Hause unters eiskalte Wasser halten, und es fühlte sich lauwarm an.

Weshalb blieb ich da, was hatte ich auf dem Feld noch verloren? Der Augenblick war verpaßt, da man einfach abhauen konnte, als ginge einen das Spiel nichts an. Man kämpfte mit den Tränen und machte sich je länger desto lächerlicher. Die Dämmerung begann früh. »Bürgerliche Dämmerung«, hatten wir in der Geographie gelernt: solange man Zeitung lesen kann bei Tageslicht. Drüben im Rauch die tiefen Dächer der Berghöfe. In der Scheune brannte ein Licht. Das Reservoir unterhalb der Waldschneise war kaum mehr aus dem Grau herauszulesen.

Da tauchte das laubfleckige Gesicht Konrads wieder auf, sein blutender Mund. Ich erinnerte mich an die Szene nach der Schnitzeljagd. Luchsinger wollte mit dem Bau der Baumhütte beginnen. Konrad, mein Cousin, hatte die Mutprobe, die ihn zum Bandenmitglied gemacht hätte, noch nicht bestanden. Wir lungerten auf dem Flachdach des Wasserreservoirs herum. Luchsinger hatte manchmal herrische Launen. Plötzlich befahl er: Spring hinab, dann bist du dabei! Und als Konrad sich schon bereit machen wollte: mit verbundenen Augen natürlich. Er selber band ihm das schwarze Tuch um. Konrad sprang, tief ins Gras, kaum hörte man den Aufschrei. Laut rauschte der Betonklotz. Luchsinger rannte die seitliche Böschung hinunter, wir ihm nach. Der Arm war ausgerenkt, schien sogar gebrochen zu sein. Konrad würgte und würgte, als hätte er eine Kröte im Hals. Luchsinger totenbleich: So sag doch, wo tut's dir weh, so sag doch!

12

Es gab eine lange Untersuchung. Konrad hatte die Sprache und den Verstand verloren. Er kam ins Spital und später in eine Heilanstalt. Luchsinger hatte Zeugen genug dafür, daß mein Cousin freiwillig gesprungen war. Er habe zur Bande gehören und an der Baumhütte mitbauen wollen. Mich überstimmten sie mit der Faust im Hosensack, bevor ich den Mund aufmachte.

Das Eishockeyspiel wurde immer ruppiger, weil die Blauen den knappen Vorsprung hielten. Wild hieb Luchsinger auf die Stöcke seiner Gegner ein, wenn sie ihm den Puck abnahmen. Die Fehlpässe häuften sich. Das Geschrei der Burschen flaute ab, die Flüche wurden gröber.

Da hörte ich deutlich das leise Summen. Es kam aus dem Weiherhäuschen und war viel leiser als das Rauschen damals, im Reservoir. Fast ein Möhnen, wie man es in Transformatorenhäusern hört. Der Betonschacht, der aus dem Grund des Teiches aufstieg, ragte als Sockel über die Eisdecke und trug die Holzkabine, die mit ihrem runden Wellblechdach einem zu kurz geratenen Güterwagen glich und von der Straße her über einen Steg zugänglich war. Eine kleine, versperrte Tür trug das Schild »Betreten strengstens verboten, Lebensgefahr«.

Auch im großen Weiher stand ein solches Häuschen, dicht am Nordufer. Keiner von uns Buben wußte genau, was drin war. Schon mancher hatte aus Neugierde versucht, die Tür aufzubrechen. Man vermutete, das Summen habe etwas mit Elektrizität zu tun, weshalb auch das Gerücht umging, man dürfe in den Weihern nicht baden, weil das Wasser elektrisch sei. Der herausgefischte Tobler, so wollte man gesehen haben, sei wie nach einem Blitzschlag verkohlt gewesen. Ich stellte mir ein System von Schalthebeln und Isolatoren vor. Doch dann hätten auch Drähte wegführen müssen. Vielleicht wurde von diesen Kabinen aus der Wasserstand reguliert: früher hatten die Teiche den Dörfern im Tal als Reservoirs gedient.

Das Summen lockte mich an. Im Sommer konnte man ohne Boot nie so nahe an den Sockel herankommen, in den eine kellerfenstergroße Öffnung eingelassen war. Ich schleifte auf das Loch zu. Womöglich konnte man durch den Holzboden in die Kabine hinaufspähen.

Plötzlich traf mich ein harter Schlag am Fuß. Ich verlor das Gleichgewicht, fiel aber nicht aufs Eis, sondern sah etwas Schwarzes von meinem Schuh weg auf die Luke zu schiefern. Einer schrie noch: »Halte ihn fest!«, doch bereits war der Puck im Loch verschwunden. Der Rist schmerzte. Aus dem Spielfeld kamen ein paar Burschen mit schlenkernden Stöcken auf mich zugefahren, Luchsinger allen voran.

»Warum hast du den Puck zum Bunker abgelenkt, Kleiner? Wohl absichtlich, damit wir das Resultat nicht mehr verbessern können!« Die Roten standen im Halbkreis um Luchsinger und mich. Er befahl mit zugekniffenen Augen:

»Eins kann ich dir flüstern: Hole sofort diesen Puck!«

Sprachlos und zitternd vor Wut blickte ich ihn an. Seine Nasenflügel blähten sich. Aus dem Pulloverausschnitt dünstete Wollgeruch und Schweiß, so nahe war er herangekommen. Ich wußte, daß ich ihm genauso ausgeliefert sein würde wie bei Konrads Fall.

»Hörst du, den Puck holen, aber sofort!«

Er fuhr dicht hinter mir her, stieß mir den Stock in die Rippen, als ich, sinnlose Bitten vorbringend, auf den Bunker zuhinkte. Keiner wußte, wie tief er war, was sich unten im Schacht befand. Noch keiner hatte sich hineingewagt. Und Luchsinger konnte so wenig als ich daran zweifeln, daß die Scheibe verloren war.

Ungeschickt, wie ich im Turnen nun einmal war, kroch ich durch die Öffnung. Es roch säuerlich. Das Summen oben in der Kabine schmerzte fast in den Ohren. Ich fand die vereisten Sprossen einer Metallleiter in der Wand und stieg so weit abwärts, daß ich noch aufs Spielfeld sehen konnte. Einen hörte ich im Davonfahren sagen: »Ohne Puck läßt ihn der Luchsi nicht mehr raus.« Die Burschen spielten weiter mit der Ersatzscheibe, er aber machte es sich bequem auf seiner Windjacke. An die Mauer lehnend, gab er seiner Mannschaft knappe Anweisungen, fluchte jeden an, der einen Fehler beging. Ich hatte es längst aufgegeben, ihn mit Versprechungen umstimmen zu wollen – ich kaufe euch einen neuen Puck, usw. –, er wollte keinen Puck, mich wollte er, und ich kauerte in den Sprossen.

So verging eine Ewigkeit. Die aufsteigende Kälte leckte mich blank. Von den Fingerspitzen her bohrte sich der brennende Schmerz durch die Hände bis in die Arme hinauf. Ich wußte nicht, war Feuer oder Eis in mir. In jedem Glied ein rostiger Nagel. Es war bereits so dunkel, daß man die Blauen und die Roten nicht mehr voneinander unterscheiden konnte. Im Schilf zogen sie, einer nach dem andern, ihre Hockeystiefel aus, hängten sie über die Stöcke und machten sich davon. Luchsinger blieb sitzen. Sein breiter Rücken ragte in die Öffnung. Er brauchte sich nur umzudrehen und auf meine Finger zu treten, dann war ich verloren. Wenn ich mich wieder nicht wehrte wie früher in ähnlichen Situationen, erfror ich oder stürzte ich ab. Kein Mensch würde mich aus diesem Schacht herausholen.

Es gab nur noch den mechanischen Gedanken, der eins war mit dem immer stärker werdenden Möhnen: Raus aus dem Loch, schlag ihn nieder! Der Gedanke wurde nicht in meinem Kopf, sondern oben in der Kabine gedacht: Schlag ihn nieder, mit dem Schlittschuh! Meine gefühllosen Finger tasteten nach der roten Schnur an der Schulter, griffen nach dem klebrigen Eisen. Ich spürte kein Gewicht. Langsam zog ich mich hoch, bis der Rücken breit vor meinen Augen flimmerte, und hieb mit der Kufe wuchtig über Luchsingers Nacken. Dumpf fuhr der Schlag zurück, pflanzte sich durch meine Glieder fort. Der Getroffene sackte in sich zusammen, kippte auf die Seite. Im Weiherhaus klickte das Summen aus, es war so still, daß ich hörte, wie ein spinnenbeiniges Knistern durch die Eisdecke lief, und dieses Knistern kitzelte mich, als wäre eine überspannte Trommelhaut zerrissen.

Ich verkrallte mich in seinem Pullover, zog mich aus dem Loch, ließ die Schlittschuhe fallen, als ich quer über den ganzen Weiher rannte. Die Böschung hinauf strauchelte ich und den Steilhang hinunter in den

16

Bleiwald. Ich ließ mich fallen, bis ich unten am Bach vor dem Tunnel stand. Rücklings stellte ich mich an die poröse Innenwand und versuchte, den Atem anzuhalten. Es roch scharf nach Höhle. Stärker als das Rauschen des Baches war das Summen, das nun wieder da war, von weit her zu kommen schien, sich nadelfein in meinen Kopf bohrte, anschwoll, meine Ohren auseinanderriß, zu einem gräßlichen Dröhnen wurde und dann plötzlich ausklickte.

In kurzen Abständen wiederholte sich die Qual, aber so, daß ich wie in meinem alten Angsttraum unter dem Gestänge einer höllischen Rotationsmaschine lag, die ich vergebens von der Brust zu stemmen versuchte. Wie der Apparat näher und näher kam, sah ich, ahnte ich vielmehr, daß der flirrende Kessel inwendig mit Nägeln gespickt war. Und das Weißschwarze in der Trommel, das mich anstarrte, war das Gesicht meines Vaters, das kreisende Pechhaar mit dem Mittelscheitel. Abgetrennt vom Rumpf der Kopf und ringsum aufgespießt, und das Bohrgestänge rammte mich in den Boden.

Doch nun hingen meine Glieder, meine Gedanken an elektrisch geladenen Drähten, die in der Kabine über dem Weiherschacht aufgespult wurden und mich hinauszogen aus der Röhre. Ich versuchte zu überlegen: Was ist geschehen? Luchsinger bewußtlos, tot vielleicht, Genickschlag; nur nicht nach Hause, bei Verwandten übernachten, ausreißen, im Wald liegen bleiben. Doch mühelos ging es bergauf, wie an einem Skilift, und als ich oben stand, spürte ich mein Körpergewicht nicht mehr und schien zu schweben.

Die Landschaft war ein Modell, aus blendend weißem Kunststoff gegossen. Darüber gestülpt eine schwarze Kuppel. Das Bomberdröhnen im Kopf hatte nachgelassen, vielmehr war es in ein Singen übergegangen. Die Hügel und der Nachtraum tönten wie die Glocke einer Glasharfe. Und der Weiher, als ich ihn betrat, schimmerte smaragdgrün. Unten mußten Lichter brennen. Auch das Eis klang nach bei jedem Schritt. Das Landschaftsmodell drehte sich um den Mittelpunkt des Teiches. Wo Luchsinger gelegen hatte, war ein kleiner Höcker in der Smaragdfläche zu sehen. Meine Schlittschuhe fand ich nicht mehr. Die Kabine über dem Schacht war schmaler geworden und ganz durchsichtig. Die Wände bestanden aus transparenten Eisplatten. Ich starrte ins Innere: Keine Schalter, keine Isolatoren, keine Drähte, keine Räder – nichts.

Um das kristallene Singen zu durchbrechen, schrie ich in die Kuppel hinauf: »Luchsinger, wo bist du? Ich hole dir den Puck!«

»Hole dir den Puck!« fiel das Echo aus allen Richtungen zurück, »hole dir den Puck!« Doch statt schwächer wurde es jedesmal stärker, begleitet von einem kurzen, hämischen Gelächter. Ganz nah war die Stimme, dicht unter meinen Füßen. Der Weiher mußte hohl sein. Ich folgte dem Ruf. Traumsicher stieg ich in den Schacht ein, auf dessen Grund es grünlich leuchtete. Sprosse um Sprosse kletterte ich abwärts, und immer bengalischer wurde das Licht. Zuunterst fand ich einen offenen Schieber, wie ich ihn mir vorgestellt hatte, nur viel kleiner. Ich mußte mich hindurchzwängen.

Auf der andern Seite tat sich ein riesiger Eisdom auf, der hoch oben zur winzigen Smaragddecke zusammenwuchs, die nur noch so groß war wie das Lichtauge einer Kuppel. Der schlüpfrig braune Boden glich einem Höhlengrund mit klaffenden Spalten. Die Säulen trugen den Dom nicht, sondern standen frei als zugespitzte Stalagmiten. Einige wölbten sich zu Torbogen, als sei in diesem Raum einmal eine kleinere Kirche gestanden. Die Stimme rief: »Hole dir den Puck!«

Ich folgte ihr, indem ich auf dem Hintern über die glitschigen Buckel rutschte. Kapellenartige Nischen traten aus dem Dunkel, in die Wände waren grinsende Gesichter eingeknorpelt, Luchsingergesichter mit zwergenhaft verzerrten Zügen. Manchmal leuchtete die Grotte wie eine einzige Tropfsteinmaske. Das Echo der lockenden Stimme überschlug sich in den Apsiden zu einem japsenden Gekicher. Als ich bereits die Orientierung verloren hatte – war der Weiher noch über mir oder schon unter mir? –, geriet ich in einen violett ausgeschliffenen Kännel. In einer sausenden Schußfahrt, welche auch durch den Bachtunnel unten im Bleiwald zu führen schien, schoß ich durch ein Labyrinth von Wellen, Röhren und hochgezogenen Kurvenwänden. Der Kännel spiralte sich ein. Vielleicht schraubte ich mich aber auch nach oben.

Und als ich endlich aus der Bahn geworfen wurde, saß ich in einer niedrigen Krypta, die auf kurzstämmigen, bläulich schimmernden Säulen ruhte. Vor mir sah ich einen Eiswurzelstrunk, dessen Arme sich über den ganzen Boden verzweigten und tief unter mir in einem Wirrwarr von Knoten, Kröpfen und Ästen verloren. Die Schnittfläche des Strunkes war opalglatt, und auf diesem Tisch lag der Puck. Aus ihm kam die Stimme. Er hatte aber nicht das weiche Hartgummischwarz der Scheiben, mit denen wir spielten, sondern ein metallisches. Und die Kanten verrieten pures Gold.

Ich wußte, daß ich sofort erwachen mußte, wenn ich nach ihm griff, wie aus dem quälenden Traum mit der rotierenden Vatermaschine. Vorsichtig, als könnte er mir entgleiten, streckte ich die Hand nach dem Puck aus. Wie ich zupackte, verstummte das hämische Lachen, und die Finger krampften sich im Schmerz zusammen. Es war der Kuhnagelschmerz wie draußen an der Kälte, nur viel feuriger. Zentnerschwer wurde die Faust und zog mich nieder auf den Tisch. Ein rasendes Hämmern im ganzen Körper.

Doch dann spürte ich, wie das Gold langsam zu schmelzen begann und von den Fingerspitzen her in die Adern eindrang. Es strömte siedend durch meine Arme, den Rumpf und die Beine bis hinunter in die Zehen, und im Strömen verwandelte sich der höllische Schmerz in eine kühle Lust. Als ich goldschwer ausgegossen war, zog sich das Metall wieder zu einer kleinen Scheibe zusammen, und ich empfand eine tief sättigende Ruhe. Rund wie ein Puck lag ich da, eingelassen in die blanke Fläche des Eiswurzeltisches, eine glaziale Intarsie. So freilich hatte ich mir das Erwachen nicht vorgestellt.

Tag müßte es inzwischen geworden sein, wenn es das überhaupt noch gäbe, Tag und Nacht, und für ein menschliches Gehör wäre irgendwo, weit draußen an der Kugeloberfläche das Schaben von Schlittschuhkufen vernehmbar gewesen, dünnes Torgeschrei. Vielleicht spielen sie mit dir, hätte ich gedacht, wenn ein Puck noch hätte denken müssen, großer Eismeister.

Blankenburg

Zustandsbericht eines Leselosen

I

Liebe Herrin von und zu Blankenburg, Freundin des
Herzens, höchste Legistin, Dank zunächst für das
fortwährende Lesen, gerade ich, der Leselose, und
hiermit ziehe ich einen blutigen Dolch aus tiefem
Papier, kann ermessen, was es heißt, im Schloßgut des
Simmentals, in der Parkumfriedung, unter Ulmen und
Kirbeln, also noch diesseits der Baumgrenze, geschützt vom Wildstrubel und den Spillgerten, kurz in
den Büchern zu leben, um so mehr als der Unterfertigte selber einmal Buchstabe war, und die Einladung,
in Ihrer Bibliothek zu nächtigen, in Ihrem Innersten,
ja dort, dem Blumenparterre gegenüber, die Wasser-
kunst in den Ohren, mein Krankenlager, mein Sie-
chengeliger aufzuschlagen im Duft des Saffian- und
Oasenziegenleders Ihrer Gesamtausgaben, sozusagen
angefächelt vom Rockblitzen der Weltliteratur, diese
Offerte baroneßlicher Großzügigkeit – einschließlich
eines als Ambulanz getarnten Büchercamions zur
Überführung meiner Pillenleiche nach Blankenburg, o
wie klar der Name vor stahlblauem Himmel – hat
mich Ihrer Hochwarmherzigkeit entgegengepflügt,
dann aber auch nach unten gespatet in den Kerker
meiner Leselosigkeit.

Und ich muß Ihnen, Gräfin Frauke von Fürstenfeldt, da ich mich zu Ihren Brieffreunden zählen darf,

zuallererst, damit Sie Ihr Angebot verstehen, von Schruns-Grächen berichten, immer im Kontrapunkt zu Blankenburg und davon ausgehend, daß Ihr getreuer Loontien in seinem verwaschenen Brandenburgerblau meine Kassibritäten nicht unterschlägt. Wie alle aus der Mark stammenden Diener fürchtet Loontien sich insgeheim davor, eines Tages mit einem Brief betraut zu werden, dem er nicht gewachsen ist. Es, mein Schreiben, erbricht ihn, den armen Loontien, dabei führt mein Weg, so könnte man meinen, ausschließlich über Ihren Privatsekretär Immanuel Arpagaus. Doch lassen wir, und das ist gescheiter als an eisgrauen Bediensteten und an Instanzendiretissimas zu zupfen, Schruns bei Grächen sprechen, nur so nebenhin, als Gruß nach Blankenburg, zu überbringen von der Montreux-Berner-Oberland-Bahn.

Wenn Sie sich, hochverehrte Gräfin und Fürstin meines versunkenen Kontinents, vorzustellen geruhen, daß Ihr Landsitz, er erinnert mich immer an Bergeller Barock, vielleicht der vielen Ochsenaugen wegen – vergleichen Sie hiezu die Kreiszier an den Simmentaler Bauernhäusern des 18. Jahrhunderts – eines Nachts von Büchermördern überfallen würde, welche Ihre kostbare Bibliothek von unten nach oben schlitzten, von Literaturfledderern, die alles massakrierten, was Rang und Namen hat, so wäre dies, wiewohl es keine Versicherungsgesellschaft gibt, welche Ihnen die knisternden Erstausgaben mit dem appetitfördernden Schmökerruch ersetzen könnte, weiter nicht schlimm, selbst Loontien würde sich zu fassen wissen müssen. Immer noch könnten Sie sich und ihm sagen: Was schert uns der Plunder, ich, Herrin zu Blankenburg, bin Der Idiot, bin Die Wahlverwandtschaften, bin Der Stechlin, bin Die Recherche, bin Der grüne Heinrich, bin die Sonette an Orpheus, ich habe mir diese Edelsteine des menschlichen Geistes so tief eingeprägt, daß niemand auf der Welt sie aus meinen Seifen und Drusen wird brechen können. Inwendig strahlt der Amethyst, in der Schrunze der Opal, brustverkantet Türkis und Smaragd und Saphir und Rubin.

Was aber ist Ihre Brust, Verehrteste, von den Nächsten auch Frau Menscha gerufen? Kessel, Kaule und Schacht, Schlund, Teufe, Verlies? Gibt es einen Tresor für das Rosenhaus von Stifter, eine umzäunte Weide für Kafkas Verwandlung? Viel schlimmer als der Bücher beraubt – achten Sie auf den Genitiv – wäre es ja wohl, infolge eines Felssturzes, eines Erdbebens von den Folianten und Atlanten begraben zu werden. Mit den Spillgerten ist nicht zu spaßen, auch nicht, wenn man die Obrigkeit von Kastellanen vorschützen kann. Sie schnappten dann vielleicht nach jener Luft, die Ihnen ausgerechnet Körner abschnitte. Der weiße Erstickungstod in der Papierflut. Alles noch bei weitem kein Vergleich zu Schruns-Grächen. Wir leiden unter anderem daran, daß es uns an tauglichen Parallelen fehlt, an Tertia-comparationis-Schwund. Schruns-Grächen tönt nach dem Erfinder einer Krankheit. Krankheitsstifter sind die Vorausmimen aller späteren Träger des Übels, Gräfin Fürstenfeldt, so wie Ihr Duzname Menscha – Arpagaus, zum Beispiel, siezt Sie –, der fraulichste neben Frauke, auf das Bergen und Tragen hindeutet. Stille Tage in Blankenburg.

Horch, es klingelt, fein und zerstäubend wie jeweils am Heiligen Abend – Puderzuckersilber –: eine der vielen Teestunden in Blankenburg. Loontien serviert in falben Handschuhen, Arpagaus unterbricht seine Geschäfte. Man erzählt sich, daß Sie, Gräfin Frauke von Fürstenfeldt, Ihren Diener und Ihren Privatsekretär bei unentschiedener Witterung, wenn Lesen und Spazieren gleicherweise nur matt locken, wenn man nicht weiß, soll man vom Buch in die Landschaft oder von der Landschaft ins Buch blicken, zu folgendem Spiel beiziehen. Ein paar Stapel Franz-, Halbfranz-, Sedez- und Oktavbände werden aus der Bibliothek in den Wintergarten geschafft, darauf wird per Stäbchenziehen ermittelt, wer beginnen darf. Wählt Loontien als erstes den Heinrich von Ofterdingen, kontern Sie, Gräfin, sofort mit Hofmannsthals Andreas, was Arpagaus beschämt, ja, entlarvt nach Goethes Gesprächen mit Eckermann greifen läßt. Nun überlegt sich der Brandenburger einen raffinierten Zug: Effi Briest. Hat er die Effi, sagen Sie zu Ihrem Sekretär gewandt, nehme ich die Anna Karenina und gebe Ihnen die Chance, sich für die Madame Bovary zu entscheiden. So Zug um Zug. Dann möchte Loontien tauschen: um alles in der Welt will er Die Welt als Wille und Vorstellung. Sie spannen mit Arpagaus zusammen und sind einverstanden, wenn er einerseits Mörikes Briefe, anderseits einen mürbledernen Band von Stifters Studien herausrückt. Bockt der Diener, können Sie auch anders: wie mit einem Croupierrateau rechen Sie den gesamten Balzac an sich.

So wird im Zwielicht des Blankenburger Wintergar-

28

tens gespielt, Frau Menscha, werden die erschriebenen Güter verteilt und umverteilt, Sie nennen das Ambraschach, weil zum einen nur an den Büchern geschnuppert wird, es zum andern darum geht, mit der nach und nach aufgebauten Handbibliothek die Gegner mattzusetzen, sei es durch bibliophile oder literarische Übermacht. So kann ein Pergament-Kotzebue einen französisch broschierten Corneille durchaus aus dem Feld schlagen. Wie gerne würde ich mich von der Schrunser Zisterne aus am ambrosischen Wettkampf beteiligen, schöne Herrin von Blankenburg, zumal ich Arpagaus' Ansicht teile, daß es im Grunde nur darum geht, die Bände in Zirkulation zu halten, vergleichbar der Viertelsdrehung, die man den Champagnerflaschen in den Kellereien angedeihen läßt, überfällig zu stehen ist für ein Buch ebenso schädlich wie vergessen zu liegen;

doch was ich Ihnen bisher geschildert habe, ist nur Schruns-Grächen für Anfänger und Außenstehende, ich, der ich einmal Buchstabe war. Hören Sie, pflegen die Nervenärzte wissen zu wollen, manchmal Stimmen? Eben nicht, gnädige Frau, die Bücher- wie Vogel- wie Blumen- wie Baum- wie Steinstimmen sind verstummt. Die schlimme Frage, ja, die üble Nachrede, wie es mir gehe, erinnert mich nur an mein Nebnetloch. Lassen Sie sich doch bitte, weil ich mir davon nichts verspreche, von Loontien unter Berufung auf Arpagaus eine Zisterne beschreiben. Man kann eine Münze hinunterwerfen, was Verliebten Glück bringen soll. Kieselsteine haben eher den Zweck, die Tiefe auszuloten. Ein Senkblei wäre eine andere Methode.

Wenn aber das wasserverratende Glucksen ausbleibt? Wenn Sie Ihr Ohr über die Wüste neigen? Genauso horche ich hinauf. Gobigraun, würde man in Blankenburg sagen, und dort hätte dies seine Richtigkeit. Wie ich überhaupt nur von Ihnen aus in die Röhre hinein-, nicht aus ihr herausdenken kann. Sätze klopfen an die Gruft, doch niemand hat die Kraft, sie zu verstehen.

Christoph Wilhelm Hufeland, Der Scheintod, Sammlung der wichtigsten Tatsachen und Bemerkungen in alphabetischer Ordnung, legt eine Tabelle jener Sterbenden vor, die der Gefahr, lebendig begraben zu werden, in besonderem Maße ausgesetzt sind: Angstvolle, Betäubte, Blatternkranke, Convulsivische, Engbrüstige, Entatmete, Entkräftete, Entzückte, Epileptische, Erboste, Erdrosselte, Erdrückte, Erfrorene, Erhängte, Erhitzte (beim Tanzen), Fallsüchtige, Gebärende, Hypochondrische, Hysterische, Keichhustende, Kummervolle, Leidenschaftliche, Phlegmatische, Schlaftrunkene, Pestkranke, Schlagflüssige, Starrsüchtige, Trostlose, Überladene, Verkümmerte, Zernichtete. Leselose sind nicht erwähnt, werte Fürstin, sie müssen sich erst um das grausige Schicksal bewerben. Vergeblich suche ich eine Lücke zwischen Entatmeten und Erfrorenen.

O könnte ich doch einen einzigen Hochsommertag beim Rondell mit der Rhodogyne sitzen und sinnen und däumeln und blättern, und sei es nur, um das glatte Leder einer Großherzog Wilhelm Ernst-Ausgabe zu kneten und das Dünndruckpapier knistern zu hören! Phlox und Rittersporn sind durch das Gesumm und Gesirre in der Luft mit der Simmentaler Steingarten-Flora verbunden, mit der Mont Cenis-Glocken-blume, dem Gletscher-Hahnenfuß, dem Täschelkraut. Fern im Ohr stäuben die Simmen-Fälle, und bei umschlagendem Wind tost es von der Weißenburger Schlucht herauf im Generalbaß. Proust wäre greifbar, karminrotes Maroquin, aber man überläßt sich im Liegestuhl lieber dem gestochenen Hochsommerblau und erinnert sich an jene Stelle in der Recherche, wo der Knabe das abenteuerliche Lesen im Garten von Combray, in seiner Gedankenhütte beschreibt. Der inwendig gespannte Schirm für die Bilder und die immer näher, immer ferner rückende Natur. Wie die Lektüre draußen Wurzeln schlägt. Wie Combray im Gelesenen, wie die Erinnerung in Blankenburg aufgeht. Dann der Abend auf der Terrasse, das Aufleben des Springbrunnens in der Dunkelheit, der Bordeaux im ziselierten Glas, der nussige Geschmack der Havanna, Romeo y Julieta, Loontiens Brauchen Sie mich noch Gnädigste, Ihr Wunsch, er möge den Rilke-Band mit dem Ur-Geräusch auf das Frisiertoilettchen legen, die Spillgerten-Schwärze dagegen.

In einer Frau nehmen all diese Namen, Gedanken und Sätze anders Platz als in einem Hirn wie dem unsrigen, und es muß über Blankenburg hinaus auf der ganzen Welt nichts Wärmeres geben, als von einer Frauke, gar einer Gräfin von Fürstenfeldt gelesen, nicht nur gelesen, verschlungen, nicht nur verschlungen, verstanden, nicht nur verstanden, benannt, nicht nur benannt, getauft zu werden. Sie als allerhöchste Legistin könnten unter Umständen Schruns-Grächen sprengen, nicht mit Sätzen, die Kerker spalten, das gibt es nicht. Dem Blut folgen in die Gefäße, sich hineinverirren in die innersten Organwindungen bis zu jener Stelle, wo der Kalauer sitzt. Eine synaptische Lautverschiebung im Körper, das ist alles. Mit einem Leseschock die De-profundis-Legasthenie überwinden. Am Wollen, sehen Sie, hat es der Fachärzteschaft noch nie gefehlt, aber am Glauben, Hilfe könnte aus Bregenz kommen. Ich bräuchte ein Rezept zur Verschriftung meiner Existenz, daß ich von Ihnen gesundgelesen werden könnte.

Ein Spaziergang mit Ihnen, werte Gräfin, durch die Allee, die Sie mir und auch ein bißchen Loontien zuliebe die Grodey-Chaussee heißen wollen, ein solches Wandeln hin und Wandeln her oder auch nur ein Ausstreunen ins Schloßgut, wie es uns Monsieur Robert testamentarisch verfügt hat, setzte voraus, daß mein Kopf als Pagode in die Bücherwelt ragte. Erst durch dieses türmchen- und deckelweise Herabfühlen wird mir die Natur Natur. Das, sage ich dann prima vista, ist eine Weihmutsfichte, dies ein Wesfallgebüsch. Ein jahrhundertealter Arvenstrunk vor einer Schrattenhalde wie ein entstachelter Kaktus in der Prärie. Wir Umwelt-Legastheniker verlieren die Kraft und die Lust zum Wie-Sagen, die linke, und sie trägt die Verantwortung für die Lauterkennung und -unterscheidung, die linke Gehirnhälfte arbeitet nicht mehr mit der rechten zusammen.

Hinter der eierschalenweiß vermörtelten Küchenfront des Nordostflügels von Blankenburg der senkrechte Fels. Wer sein Tun und Trachten im Lesen aufgehoben findet, braucht eine Schutzwand, dies be-

32

stätigt die Friedhof- und Parkgeometrie seit Le Nôtre. Einen Denkstein entziffern, ein Holzkreuz herunterlispeln: nur mit einer Thujakulisse im Rücken. Es kann im gelben Salon, der auf die Terrasse geht wie der Wintergarten, zum Beispiel ein lampenschirmseidener Paravent sein, im venezianischroten Gästekabinett eine besonders gelungene Kupferstichecke, im Fumoir Havanna- und Dunhill-Dämpfe, im Schlafzimmer naturgemäß die Gebirgsfinsternis, und schon entfaltet sich lautlos auseinanderklappend, dreidimensionalen Kinderbüchern vergleichbar, das Schopenhauersche Gedankenleporello. Die beste Deckung gewähren uns die Bücherrücken selbst, sie sichern uns gegen das Niedersimmental ab, halten Mannried und Grubenwald, Garstatt und Weißenbach in Schach, während wir Dichtung und Wahrheit in Richtung Wildstrubelmassiv lesen. Es gibt nichts Schöneres als diese Solidarität unter den kunstvoll gebundenen Schriften – oder ist es die Katastrophengemeinschaft wie bei nahenden Hagelwettern? – auf jeden Fall rücken, wird ein Titel herausgepflückt, die Nachbarn lautlos zusammen, damit windgeschützt die Saat, und sei es eine Silberdistelsaat, aufgehen kann.

Ich aber habe, schöne Herrin von Blankenburg, Zeugnis abzulegen von einer anderen als jener Nacht, in der die Quellentexte leuchten, bald lilalasziv, bald neongrün fluoreszierend, von der Nacht zugeschlagener Pochhammertore in Schruns bei Grächen. Bisse man hier unten wenigstens ins Gras, aber nein, man verkrampft sich ins Pappkissen. Litte man wenigstens bezifferbare Schmerzen, gotische, romanische, ottonische, mitnichten, die Folter liegt darin, daß sich die Torturen nicht mehr um einen kümmern. Alle diese harmlosen lokalen Vorortsleiden haben sich um andere Opfer zu bewerben, in geschäftiger Diplomatie eilen sie von Hospital zu Hospital und verhandeln mit dem Krankengut, erschachern sich einen Moribunden. Man hat mit Spasmen aller Art auf du und du gestanden und wird nun plötzlich buchschneeblind und naturtaub – keine Simmen-Fälle, keine Spillgerten-Arve, kein Schnurenloch – in Schruns liegen gelassen. Wie soll ich die zentrale Botschaft für Blankenburg formulieren? Es gibt ja keinen Schuldigen, kein Subjekt bietet sich an. Dafür muß ich von uns sprechen: wir, die größeren Heere.

Es ist ein Liegengelassenwerden in allen Richtungen, allen Tiefen, überzwerch, amorph, nicht Schlafen, nicht Träumen, Schwerarbeit am Bahrtuch, ein Brasten und Schwitzen, ein Verkanten und Absaufen immer wieder, Federschicht um Federschicht, Grautäfer, Grauschrank, Grauteppich, ein Paternoster umgeschichteter Gedankenfurchen, wiederholte Kreis- und Tulpenzier, aber als Fluch; verbracht, beiseite geworfen, verlegt als Lesebrille, abgestoßen, verwaist und verdingt, eine Stubbenebene; liegen, Gräfin, als flacher Überlebensversuch, Lechzen nach Febrilität, nach der Gnade des Thermometers, und das Pappgrau des Tages in das Grau der Nacht übergehend, das Perpetuum mobile der Vernichtigung, die durchlöcherte Perseität, mit einem Wort: das Nebnetsein.

Und mittenhinein als gedämpfter Schreckschuß die Einladung nach Blankenburg. Auf zu den Firnern, zu

den gleißenden Zwickeln, die den französischen Ge-
birgsgarten bewachen, in dem es Findlinge neben
Buchsgemächern, Rondelle und Statuen neben Koppelwiesen gibt. Es ist ein eigentlicher Ruf, der an mich
ergeht, Frauke von Fürstenfeldt: sei, Buchstabe, werde
Wort und finde zurück zur Schrift, auf daß du nicht
ausgetilgt werdest aus dem Buch des Lebens, denn die
Natur hat jedem Ding seine Sprache nach seiner Essenz und Gestaltnis gegeben, und aus der Essenz
urständet die Sprache oder der Hall, und ein jedes
Ding hat seinen Mund zur Offenbarung. Ja, wenn in
Schruns-Grächen ein Poet gefangen läge! Die Fürstin
von Thurn und Taxis-Hohenlohe wandte sich Rilke
zu, Hugo von Hofmannsthal sonnte sich in der Gunst
Andrea von Andrians. Es gibt unzählige Beispiele dieser Herzlinien zwischen Poesie und Adel. Man denke
an Tasso, an wen auch immer. Aber wir, die größeren
Heere?

Dieses gräßliche Baum- und Büchersterben im
Kopf, behelfen wir uns mit dem Morbus Lexis, er
unterbindet den Flüsterkongreß, wobei ich damit, verehrte Fürstin meines versunkenen Kontinents, nicht
das Gewisper in den Salons meine, nicht die Aperçus
auf glattem Parkett, sondern das Elysium der erlese-
nen Gestalten und Geschehnisse, das über all jenen
schwebt, die in ein Buch vertieft sind. In den Mann
ohne Eigenschaften und nicht in Schruns-Grächen
vertieft. Da begegnet ein russischer Lenz einem französischen, und sie tauschen ihre Erfahrungen mit den
Köpfen aus, denen sie entstiegen sind. Ich muß Sie
nicht an das Bild Lesender beim Lampenlicht erin-

nern, es hängt im Vorzimmer zu Ihrer Schloßbibliothek und vergegenwärtigt jedem Benutzer die geforderte Sammlung: der erstarrte Zappelphilipp mit seiner Windstoßfrisur, die eingerollte Landkarte, der lotrechte Klingelzug, die Draperien, ein Kabinett der totalen Stille. Und dann die Lampe vor der kahlgrünlichen Wand und die Schattenbündel, die sich jeder geometrischen Deutung entziehen. Sind es nicht die Spuren, die der Entschwebte hinterlassen hat? Füllt sich nicht der nüchterne Büroraum an mit dem Ersonnenen? Stockfinster draußen, innen lesehell. Oder wirft der Dämon der Langeweile solche Schattenlanzetten? Bemächtigt sich der Weltraum dieser Zelle?

Dieses elysische und sphärische und seraphische und äolische Gespräch über uns ist der Sauerstoff der Büchermenschen, das in unzähligen Entzifferungsgewittern freigesetzte Ozon. Ob wir, vielmehr ob unsere Gesandten daran teilhaben oder nicht, merken wir im Tagesablauf daran, ob wir an einem Satz erwachen, über einem Vers einschlafen. Mag der Traum noch so kubistisch-bildverschlungen und unterseeisch gewesen sein, wir tauchen auf und lernen noch einmal: sprechen, inwendig. Wir radebrechen uns empor, wir knüpfen weiter am Netz, immer weiter am Netz. Xenien als Schlafmittel. Erwachen wir nicht satzbildend, ist es geschehen: eine Streifung, Apoplexie, apoplektischer Insult, Speichelinsuffizienz. Wir werden gelöchert. Ahnen Nebnet, die Deportation ins Zwielicht, unter Tag, über Tag. Strafgefangene, so sagt man, löchern ihre Wärter, wenn sie ihnen zuleidewerken. Was ist das für ein grauenerregender Vollzug, du zernichtetes Sieb?

Loontien, die Lampen – ja, Blankenburg, das um Jeserich und Engelke weiß, hält solche Traditionen aufrecht. Stunde der bürgerlichen Dämmerung, das Schloß löst sich aus der fast steirischen Landschaft und sinkt wie eine wuchtige Kate in sich selbst zurück. Die Gutsherrin kehrt von einem langen Spaziergang, auf dem sie Morgen- und Mittagslektüre verdaut hat – Würzacker, Riedwald, Lochflue – heim, hält Einkehr und läßt sich den Kapuzenmantel abnehmen. Nun die Lichter, Loontien, und den Punsch. Erlaubt die Witterung kein Begehen draußen des Gelesenen, lautet die Regel: zehn Seiten, zehn Schritte, zehnmal durchatmen. Im Fumoir am Kamin die Hände geschmeidigreiben, damit sie die hauchdünnen Seiten wenden können. Aus der Simmentaler Gebirgsluft, die kräftig am Organismus zehrt, ins Zauberreich treten.

Ihr Landgut, schriftadelige Frau Menscha, stelle ich mir reich an mannigfaltigen Lampen vor, ein Paradies von individuell abgestimmten Heimleuchten, jeder Autor, jede Epoche verlangt ein anderes Licht. Kein Muranoglas und keine goldlüsteren Kunststoffkugeln, auf den Egermann-Schliff kann Ihresgleichen verzichten, Holzspanschirme und Schleiergraphit wird man vergeblich suchen. Von welcher Beschaffenheit, fragen sich die größeren Heere in der Zisterne, ist das Leselicht? Ich denke, Flämische Renaissance dominiert in den kleinen Salons, im grünen zumal. Die flämische Säule des Leuchters ruht auf der Leibung, und diese geht in die flämische Kugel mit dem Zierknauf über. Der Teller trägt einen doppelköpfigen Adler, der S-förmige Arm ist mit einem Delphinornament geschmückt, die Kerzentüllen ohne Kartuschen. Dazu gehören steife, honiggelbe Pergamentschirme. Loontien obliegt es, in der Dämmerstunde, wo das Gehör besonders scharf ist für ankommende Gäste und Bücherstimmen, von Saal zu Saal, von Nische zu Nische zu schleichen und das Schloß in Lesebereitschaft zu versetzen. Unbedingt am Hegelschen Dreischritt festhalten: einnachten, ausleuchten, aufheben.

Die Halle ziert ein Kongreßlüster von reichstem Kristallbrimborium, über und über behangen mit Pendeloques, Rauten-Wachteln, Birneln, Prismen, Rosetten, Waben-Kugeln und Schiefsteinen. Man möchte diese Stücke aus Kaliglas, die das Licht in festliche Facetten brechen, einzeln in den Mund nehmen und zu Ende lutschen. Den ganzen Galaglanz verdankt Blankenburg dem Kongreßlüster – früher hing da, wie bekannt, ein deplazierter Maria Theresia-Leuchter –, seine Intimität dagegen den Tisch-, Ständer- und Wandlampen mit ihren filzgrünen und scharlachroten Schirmen, und diese Innigkeit ist so raffiniert abgestimmt, daß das Parkdunkel nahtlos in eine Kommodenecke an der Außenwand übergeht. Lesen und Lichtregie, ein endloses Thema, Verehrteste. Wir müssen nicht nur auf die eigenen, wir müssen auf Dutzende von Augen Rücksicht nehmen, die uns erspähen wollen. Dostojewskis Dämonen bei hundert Watt, um nur ein Beispiel zu geben.

Wenn ein Kenner der Szene, ein einsamer Simmentalgänger spät nachts über Stock und Stein an Blankenburg vorbeikommt, in gebührender Distanz gehalten durch seine Latifundien, und es springt ihm ein

Gartenfenster oder ein Ochsenauge als Mond entgegen, weiß er sofort, hier wird gelesen, wahrscheinlich Nietzsche, wahrscheinlich, dem Licht nach zu schließen, wird Also sprach Zarathustra der Dunkelstaumauer zwischen den Spillgerten und dem Hunsrügg abgetrotzt, und er kann beruhigt weiterstapfen, der Simme entlang Richtung St. Stephan, Grodey, der eigenen Lektüre entgegen. Sie, Gräfin, haben ihm durch die Nacht geleuchtet. Passierte derselbe Wanderer am hellichten Tag Schruns-Grächen, ahnte er, durch uns hindurchstarrend wie durch ein Nachzehrerschemen, allenfalls eine ekelerregende Saugstelle, von der man sich rasch wieder entfernt. Man hat sekundenschnell ein Reptil gesehen und doch nicht gesehen. Geruchlose Verwesung im bleichen Gras.

Alle Lampen der Reihe nach angezündet, so Loontien, gemäß einem uralten, auf Sie, Leseherrin, herabgekommenen Ritual, zuletzt, im Damenkabinett, wo auch der Blüthner steht, Ihr Lieblingsstück, schlicht, dreieckiger Sockel, konkav eingeschweift, auf Klauenfüßen, eine Empiresäule als Schaft, längskanneliert, einem Perlenring entstiegen und von einem Kapitell gekrönt, eine Figurenleuchte mit einem seltenen Siaphanschirm, auf dem griechische Heroen abgebildet sind, die Laterna Magica, so Loontien, Ihrer intimsten Lesungen im Chambre séparée. Wir müde gegerbten und perforierten Häute in Schruns-Grächen, könnte man uns wenigstens als Schirme verwenden! Statt dessen schlagen Sie die Bibliothek vor als Intensivstation, in der es so unauffällig rinderlich nach Leder duftet, und ich würde angeschlossen an den Ausspruch: Es tun mir viele Sachen weh, die andern nur leid tun. Umstellt, umarmt, umsorgt, mitentziffert von so vielen königlichen Sätzen des Weltgeistes, müßte ich doch gesund werden.

Gesund aber auch, wenn es Ihr Ernst ist, in dieser von Geologismen strotzenden Simmentaler Landschaft. Denken Sie an das Trümlihorn, die zerklüftete und poröse Gipfelstockfronalpruine. Aus Tausenden von Felsschichten aufgebaut, ist die ganze Niesenkette ein einziges Konglomerat von Flyschen und Breccien. Die Flysche sind schlecht wasserdurchlässig und daher verantwortlich für die durchnäßten Böden im Tal. Dagegen die Karstdecken, die Karrenfelder in den Kalkgesteinen der Spillgerten: eine Runenschrift von Rillen und Schrammen, die das unterirdisch abfließende Wasser herausgeschliffen hat.

Denken Sie an das Schnurenloch, Frau Menscha, diese Altsteinzeithöhle im Felskopf, wo man Hunderte von Skelettresten gefunden hat, Überbleibsel eines paläolithischen Picknicks. Oder die Chilchlihöhle im Stockhorngebiet, ein Totenschädelauge von hundertsechzig Kubikmetern. Arvenstrünke ragen als immense Feuergabeln in die Luft. Und einer weißen Mauer gleich die Gipfel zwischen Wildstrubel und Mittagshorn. Der Hauptkamm der westlichen Berner Alpen riegelt das Tal ab, das sich aus der Weißenburger Schlucht heraufwindet, und der Glacier de la Plaine Morte überblendet alles: Koppelwiesen, Krüppelmatten, von schrattigen Flühen durchsetzt, Wildheuerwege, Findlinge, Bergblumen, Gefleuch und Getier: das Buchbad- und Sanatoriumsklima von Blankenburg. Haben Sie denn nie befürchtet, daß ich mich als Schädling im kostbaren Dünndruckpapier einnisten könnte, als einer dieser kleinen Käfer mit walzigem Körper, den Kopf tief in den Halsschild zurückgezogen, die ihre Larven in die emsig herausgewetzten Gänge legen, Sätze anfressen und Verse, besonders der Buchdrucker, Ips typographus, aber auch ich, der ich Buchstabe war, als sogenannter Kupferstecher?

Frauke und Menscha, Edelste, Arpagaus, Sie Schriftwerkzeug Ihrer Herrin, Loontien, du letzter noch lebender Absolvent der legendären Berliner Dienerschule, wir führen ja gar nichts ins Feld gegen das Herrenhaus der früheren Kastlane. Sogar den Panoramic-Express der Montreux-Berner-Oberland-Bahn lassen wir gelten, der unsere Abgeschiedenheit erschließen möchte. Ja, sogar für diesen privatbähnlerischen Aberglauben auf der Blankenburger Zälg haben wir etwas übrig. Im Schmalspur-Speisewagen vom Genfersee bis zum Wildstrubel, lautet die Devise, vom Waadtländer langsam zum Dôle des Monts konvertieren. Bei welchem Satz, aus welchem Buch, aus welcher Epoche blicken Sie auf, wenn die blaugelbe Schlange in der Kehre girrt?

Wir in Schruns-Grächen, die größeren Heere – Nebnet, Nebnet –, wir wissen, obwohl es kein Zurück gibt, daß solches Leben stattfindet, und wir verbeugen uns davor, tiefer, als uns der Graunachtmahr je drücken konnte, denn das Leben hat recht, wir müssen uns diesem härtesten aller vom Laplaceschen Dämon gefällten Urteile fügen. Der Leselose stumpft als Torso dahin, er ist von allen Strängen abgeschnitten. Eine

Rundumamputation. Uns lassen ja nicht nur die Kur-
ländischen Gutsbetriebe Eduard Graf von Keyserlings
fallen, sondern die ganze Natur ist uns keine mehr,
weil, wie es in der Schrift heißt, alle Dinge gemacht
sind durch das Wort, und ohne dasselbe ist nichts
gemacht, was gemacht ist. Der Leselose wird an die
Materie zurückverliehen, Staub zu Staub, Asche zu
Asche. Der Fürst Myschkin-Krater, die K.-Schrunde,
das Lenz-Loch.

Es war zum Teil Ihr, zum Teil Arpagausens Vor-
schlag, mich im Falle eines Falles aus dem inneren
Erdreich der Bibliothek zu evakuieren und ins sogenannte Simmetli hinauf zu verfrachten, in dieses froh-
mattorientierte, braun gebeizte, trocken gewitterte
Meisterwerk Obersimmentaler Zimmermannbarocks,
vergleichbar nur noch dem Knuttihaus im Därstette-
ner Moos. Schwarz-rot-grüne Kreisornamente, tief ge-
kerbte Antiquasprüche. Im Mittelstübli hätte ich zu
liegen, die Rauchfangküche mit der Hälikette im Nak-
ken, und mich von den Schnitzereien umranken zu
lassen, von den Würfel-, Rauten- und Halbbatzenbän-
dern, von den Tierköpfen, den Löwen- und Drachen-
rachen des vorstehenden Gadengebälks. Ein Simmentaler Bauernhaus ist ja ein systematisch von den
Kellermauern bis zu den Blockkonsolen und Schnee-
firsten aufgerichteter Zierschrein. Holzkopflastig, was
Gaden und Estrich betrifft. Mit dem Heidenkreuz,
mit dem Rillenhobel hat es begonnen, in den Wür-
felgesimsen und Karnieslinien – dem Gratgezäcke
nachempfunden – gipfelte die Zimmermannskunst, in
den Überkragschnitzereien hat sie sich überschlagen.

Haus Tscharner, Altenried, die wulstigen Tulpen und Vierblattblumen.

Da oben, meinen Fürstin, im Lauinenschutz, aber auch im Rüfenbann der Spillgerten müßte ich, der Leselose, wieder zu mir kommen. Hunger nach Lettern kriegen. Gräfin bauen quasi auf Naturheilmethoden: wenn nicht Bärlapp und Katzenpfötchen, dann die Buchstabenfriese an der Gadenwand. Sie wollen es mir noch einmal einkerben und ausgründen, das Alphabet. Dank, Dank, Frau Menscha, für das Fortlesen im Simmental, denn von den Göttinnen da unten – und manchmal blicken auch Kinder über den Rand der Zisterne und suchen ihren Ball oder glauben an den Zauberbrunnen – kann man nur so lange reden, als Ihre Lampen brennen, sechsundvierzig an der Zahl.

II

Liebe, verehrte Blankenburga, Freude, ein Schimmer,
fast ein Montreuxstreif, Sie haben mich, Ihr gräfliches
Wasserzeichen verrät es, Sie haben Ihren Leselosen
nicht aufgegeben, so wie mich die After-Meinen ab-
und kaputtgeschrieben haben, die Ärzte mich dagegen
dauernd pschyrembelisieren, auf Fremdwörter betten
und umbetten, das Doppelturm-Zinnenburgwappen
derer von Blankenburg, ein echtes Büttenpapiersignet,
entstanden durch die feinen Drähte, die auf das
Schöpfsieb aufgelötet werden und den Papierstoff ver-
drängen – nicht eine Molette, die sich nur in die nasse
Bahn einschleicht –, immer wieder drehe ich Ihre
Bogen gegen das Licht, folge ich dem Dreivierteltakt
der Damenschrift, errätsle ich den huschenden Inhalt,
bevor ich die Spettfrau, die Grosche, die einmal die
Woche nach dem Rechten sieht, anflehe, mir Ihren
Brief zu rezitieren, ein Wagestück, denn die Laune der
Grosche ist die grantigste, weil ihr Ordnungssinn an
meinem Kahn scheitert, der nicht angerührt werden
darf, nicht umbetten, sage ich zur Spetterin, ich kann
nicht mühsam erstrampelte Daunenkuhlen preisgeben
und wieder ganz von vorne beginnen, lassen Sie ja
meine Zitadelle in Frieden, mein letztes Argument;
einerseits scheuche ich die Grosche von mir, anderseits
locke ich mit dem Brief, dem fürstlichen Wasserzei-

chen, da, Manna, da, sie radebricht, es tönt wie knak-
kendes Unterholz, Grächener Akzent, Stockrot, Wald-
welsch, immerhin entnehme ich dem Zungengeklap-
per, daß Sie, hochwarmherzige Gräfin, mich, den
Leselosen, für die Dauer meines Zögerns betreffs
Blankenburg zum Schattenminister Ihrer Bücher, zu
Ihrem Abgrundbibliothekar ernennen. Administrativ,
was immer das heißen mag, sei ich Arpagaus unter-
stellt. Unerachtet der Würde meines Amtes möge ich
fortfahren mit meinem Bericht.

Für heute nur soviel: der Nebel, der seit Wochen
Schruns umlagert wie eine Haube, steckt voller Dämonen. Das Dezemberklöpfen, man hört die Buben
mit ihren Geißeln, als würden mit der Axt kleine
Stämme glattgespitzt, sie zwicken den Nikolaus aus
dem Schloßberg und jagen die Wintergeister durch
die Lüfte, die Nachzehrer, die den Lebenden auf der
Seele knien nach Martini, wenn die Erde sich öffnet
voller Gebeine; o dieser Nebelalb rings um mein
Siechtum, dieses fraufeuchte Nüstern und Feixen und
Frotzeln, spinnende Hexen hocken im Einschlag und
lassen ihre Rocken fahren, Haistalte geistern durch
den todbringenden Odem, der als Hairauch auf der
Lunge brennt, die gichtbehangenen Bäume erstarren
zu Stacheldrahtfratzen, das Gras ist gelb und aus-
getreten, als hätten Bahrtücher darauf übersömmert,
der Brodem leckt und schmatzt, und fern in der Brühe das Bellen einer Schiffsglocke. Seenot, verhockt,
wispernde Nebelmären um mein Kissen, das ich pflüge
und pflüge, Einbett, Wurbett und Wilbett heißen die
Nornen, die Nebelkunkeln, bitte, Frau Menscha,

lassen Sie die Kerze für mich brennen im Bücher-
reich.

Hier einige Regeln, wie man Scheintote ins Leben
zurückbefördert, sie gelten nach Hufeland für Erdrosselte ebenso wie für Starrsüchtige. Man lege den Puls-
losen in ein handwarmes Aschenbett, binde um den
Hals einen Strumpf, mit zerriebenem Salz gefüllt,
streue auch Holzkohlenasche auf sein Haupt. Er-
mangelt es dessen, so kann man den nackten Körper mit Pferdemist belegen, wobei das Gesicht frei
bleiben muß. Unbedeckt, die facies hippocratica, unbedeckt. Man öffne die Medianader, doch nicht mit
dem Schnepper, sondern mit einer Lanzette, und die
Stelle, wo der Aderlaß geschehen soll, muß mit warmen nassen Schwämmen behandelt werden. Will man
den Scheintoten zum Brechen reizen, was sich besonders empfiehlt, kitzle man den Schlund mit einem
Buchzeichen, oder man fahre mit einem Büschel Haare
in die Kehle. Zugleich muß man die Herzgrube reiben.
Auch kann man ihn zum Niesen erregen, indem man
Salmiakgeist, Kampfer oder Hirschhorngeist unter die
Nase hält. Als Abführmittel bietet sich Glaubersalz
oder Tamarindenmark an. Glaubersalz, Gräfin, haben
Sie dieses Mittel stichfrömmlerischer Damen in Ihrer
Hausapotheke? Wie auch immer, man muß den Kran-
ken warmkneten, aus Lehm noch einmal erschaffen.
Tarmarindenmark, daß ich nicht lache, aber woher
nähme ich auch die Kraft dazu.

Auf dem tiefsten Grund von Schruns, dort wo man
am Bodensatz krepieren müßte – aber es gibt keinen
Bodensatz –, sage ich mir immer, Frau Frauke, wenn

ich gesund bin, ja, wenn die Genesung, oder sagen
wir bescheidener eine Genesung auch nur in Sicht
ist, wenn sich Grenzwerte der Rekonvaleszenz ab-
zeichnen am Horizont, komme ich nach Blankenburg, gestalte ich meine Reise übermütig, indem ich
vorher zu Bachforellen im Schlafrock in der Weißenburger Krone einkehre. Das Meursaultherz auf
dem blendend weißen Tischtuch. Beim Stäuben der
Simme die Bäcklein herausfilieren. In einer Schlucht
zu speisen, zehrt gewaltig am Organismus. Man
mache die Probe aufs Exempel mit einem Landjäger
in der Viamala. Der Sonntagsglast im hell getäfer-
ten Kronenstübli. Der kragensteif geschlagene Berner
Oberländer-Rahm. Wenn, dann. Allein schon diesen
Appetit muß ich mir einblasen. Die Ärzte, die sich
immer nur kollektiv um mich kümmern, schütteln
den Kopf. Wer als Rumpf auf die Rehabilitations-
medizin angewiesen ist, hat nichts zu fordern. Das
wäre noch schöner, wenn ein Hüftinvalider sagen würde: kann ich ein Stück weit ohne Krücken gehen,
dann nehme ich die Krücken. Du willst von Blankenburg aus das Nebelmeer überblicken und behaupten:
in dieser Suppe, als diese Suppe lag ich darnieder,
kroch ich zu keinem Kreuz mehr. Du willst dich an
deinen eigenen Haaren aus dem Sumpf ziehen, statt
dich mit verbundenen Augen den Bibliostrahlen der
Gräfin zu überlassen. Mit knirschenden Schuhen willst
du Einzug halten in Blankenburg, nicht per Ambulanz.

Wir wissen – denn das Ich zersetzt sich zu einer
leidenden Mehrheit –, daß Loontien Sie bei jeder

Lektüre unterbrechen und hinaus zum Fahnensöller begleiten darf, wo auch ein Tuch mit dem Lesewappen knattert, dem Alpha-und-Omega-Buch, wenn das Simmental in Watte liegt. Wie viele Asylanten haben sich schon an diesem Anblick ergötzt: knubelhubelweich die dampfende Zunge, cirrostratös, cumulusnimbushaft, alle drei Wolkenstockwerke ineinanderverpappt, Därstetten verschollen, Boltigen verbölstert, um die Kirche von Erlenbach lagern Nebelknaster paffende Riesen, die Simmen-Fälle von Decken erstickt, und wie arktische Fossile schwimmen die blauen Grate obenauf. Wenn Sie die Augen zukneifen, denken Sie daran, daß der Talgrund während der Würm-Vereisung bis hinunter zur Port bei Wimmis vom Simmegletscher ausgefüllt war, der am Talausgang auf den Kandergletscher aufglitt. Das Nebelmeer: Weichwürm, Weichwürm. Hier steht die Herrin in der strahlenden Sonne und erklärt ihren Gästen: dort, dieses kieloben treibende Schiff ist nicht die Kaiseregg, sondern der Geist Montaignes. Nicht das Stockhorn sehen Sie aus dem Wolkenbett ragen, sondern Joseph Görres. Sie grüßen den Hunsrügg und das Bäderhorn, indem Sie die Herren willkommen heißen in Ihrem Lesepark. Uz-Gleim-Gellert, das tönt wie eine Seiltänzerroute von Aussichtspunkt zu Aussichtspunkt. Lessing als Gandlouenegrat blinkt, Zweisimmen brodelt. Könnte ich wenigstens als Elbst durch Ihre Landschaft geistern, aber mein Brot ist das Nebnet-Sein.

Wußten Sie, vielmehr weiß man in Ihrer Schloßbibliothek, daß der Pestdrache in alten Sagen im Nebelkleid auftritt? Daß der schwarze Tod sich als Hairauch verbreitet? Im Reißtal gibt es eine unterwühlte Stelle, die das böse Ufer heißt. Ein Mann aus dem benachbarten Dorf hatte den ganzen Tag Holz gefällt. Als der Abend nahte, ging er seiner Hütte zu. Da sah er plötzlich, wie über die Heide hin ein langer weißer Nebelstreif gerade auf ihn los zog. Er beflügelte seine Schritte, aber das Gespinst war schneller als er und legte sich gleich einer langen, weiß gekleideten Menschengestalt auf seine Schultern. Da erkannte der Mann, daß es die Pest war. Er kehrte zum bösen Ufer zurück, da er die Seuche nicht ins Dorf einschleppen wollte, und kam elendiglich zäh zu Tode.

Tauchen Sie hinein, Blankenburga im Kapuzenmantel, stapfen Sie der Simme entlang, schlagen Sie sich durch bis zu uns, den größeren Heeren! Das Krankengut umweht Sie wie Soffiten. Loontien mit der blakenden Nebelleuchte voran, Arpagaus mit einer Schubkarre voll einschlägiger Nebneta hintendrein. Teilen Sie die graue Waberlohe! Lassen Sie mich die rehbraune Allongefrisur kosten! Um einem Scheintoten Luft einzublasen, wickelt man um die Röhre des Blasbalgs ein Stück nasse Leinwand, steckt die Spitze in den Mund, preßt Lippen und Nasenlöcher zu und beginnt sanft zu fauchen, auf daß der Kunstodem die Lungen aufpumpt. Der gräfliche, der weibliche Kunstodem, Frau Menscha. Wer weiß, vielleicht könnte man den Patienten auch mit dem Druckluft-Harmonium bearbeiten, frömmelnd heisere Weisen tretend! Seien Sie meine Heilräthin und Pestpatronin, wickeln Sie Ihre nie zu bändigenden Locken um meinen kleinen Finger, ziehen Sie, ziehen Sie, lesen Sie mich heraus!

Blankenburg ist eine strahlende Bastion gegen den siechen Brodem. Aber hat nicht Arpagaus, nein, haben nicht Sie, dem Privatsekretär Ihre Geheimnisse diktierend, das Nebellesen erfunden? Haben Sie nicht im Simmentaler Boten angeregt, der berneroberländische Tag des Buches sollte in einem klassischen Nebelloch, in Thierachern-Uebeschi stattfinden? Die Buchstaben, so höre ich Sie noch in weiter Ferne dozieren, müssen von der grauen Aura umgeben sein. In Thierachern-Uebeschi soll der Büchergalan zuerst einmal die Nebelbilder entziffern, die bizarren Ornamente des Rauhreifs, die Verästelungen der Baumlungen, den Nebelhof und Nebelschein, den Nebelflor, das Nebelgrauen, Nebelinseln und -säulen, den Nebelspuk der Nebelzüge, soll er Nebelwörter bilden wie Nicht-Strunk, Nicht-Zaun, Nicht-Weg, und begreifen lernen, was Herder meinte mit der Nebellosung Sogleich umfloß sie Nebelwahn vom neuen Weisheitsbaume. Bevor er in Blankenburg in Ossians Nibbelkämpfe eintaucht, soll der Hospitant das Ernebelte speichern. Was man im Waschküchendunst aufnimmt, prägt sich doppelt und dreifach ein. Hat man dergestalt Aus der Mappe meines Urgroßvaters eingehaucht, ausgehaucht – ja, im Atemholen sind zweierlei Gnaden –, koste man in tiefen Lungenzügen Stifter. Wo Sie gehen und stehen, Gräfin, das reinste Literaturinhalatorium.

Ist es dem glücklichen Verstand gelungen, der Nebel Vorurteile zu durchdringen, Hagedorn, entziffere man mit dem Zeigfinger die Schriften der Natur, die

Vogelstaffeln, die porösen Strukturen der Niesenfly-
sche, die Schnittkanten der Breccien, die Nummuliten-
Gehäuse, die Versteinerungen der Nerinea-Schnecken,
die klaftertiefen Karren, die Schrattenkalke am Wildstrubel, das Klingelloch am Fromattgrat, die Karst-
Hydrogeologie im Gebiet des Rawilpasses. Denn alles,
so Böhme in De signatura rerum oder von der Geburt
und Bezeichnung aller Wesen, haben Sie Arpagaus
diktiert, alles, was von Gott geredet, geschrieben oder
gelehret wird, ohne die Erkenntnis der Signatur, das
ist stumm und ohne Verstand; denn es kommt nur aus
einem historischen Wahn, von einem andern Mund,
daran der Geist ohne Erkenntnis stumm ist: so ihm
aber der Geist die Signatur eröffnet, so verstehet er des
Andern Mund, und verstehet ferner, wie sich der Geist
aus der Essenz durchs Principium im Hall mit der
Stimme hat offenbaret. Denn mit dem Hall oder Sprache zeichnet sich die Gestalt in eines andern Gestaltniss ein, ein gleicher Klang fänget und beweget den
andern, und im Hall zeichnet der Geist seine eigene
Gestaltniss, welcher in der Essenz geschöpfet hat, und
hat sie im Principio zur Form gebracht, daß man im
Wort verstehen kann, worinnen sich der Geist geschöpfet hat, im Bösen oder Guten; und mit derselben
Bezeichnung gehet er in eines andern Menschen
Gestaltniss, und wecket in einem andern auch eine
solche Form in der Signatur auf, daß also beider
Gestaltnisse in einer Form miteinander inqualiren,
alsdann ists Ein Begriff, Ein Wille und Ein Geist, auch
Ein Verstand.

Das Geheimnis des Lesens in der ummantelten

Natur, so weiß, Gnädigste, allzu verschandelt Ihr Abgrundblibliothekar, beruht auf der nibblichten Sphärenbildung. Die Gesichte können sich ausbreiten wie in der Dunkelheit. Warum denn sonst – und ich erlaube mir hier auf Arpagaus zu verweisen, Das förderliche Umfeld des Legisten – hüllt sich der Blankenburg-Habitué in stahlblauen Havannarauch? Wie anders als über Importen soll er mit dem Laplaceschen Dämon konferieren? Warum nebelt und liest und spaziert er in einem? Das Gegenteil, das durch und durch Kontraindizierte wäre die dürre Foliantenluft in der Landesbibliothek. Will einer an Jean Paul ersticken, dann setze er sich auf einen der brüchigen Ledersessel im Schlafsaal mit den Thermenfenstern. Ein Treibhaus notabene, in dem jeder Oleander eingeht. Sogar die Stockflecken übertragen sich auf die Haut, sie wird wächsern und lümpelig, man altert dem zeitlosen Werk davon. Wie dürre Bananen kann der Aufsichtsbeamte, der aus dem Mund nach Klopstock riecht, die Leseleichen ernten. Der Horror libri, Frau Menscha. Arpagaus – aber ich berufe mich dauernd auf Quellen, die ich nicht mehr überprüfen kann. Der Leselose ist ein Kolportagen-Klitterer. Klittern, klatern, Kladde.

Loontien mahnt zum Umziehen. Ich habe von Ihren Garderobenmagazinen – eine textile Gegenbibliothek – nur einen vagen Begriff, verehrte Fürstin von Fürstenfeldt, doch dem Gerücht nach kleiden Sie sich für jede Lektüre anders. Sie sind die Königin mit den tausendundein Gewändern, und Loontien, der märkische Grantler, ist Ihr Spiegel. Arpagaus zitiert zwar häufig Schleiermachers Satz, einen Dichter verstehen heiße, ihm in der adäquaten Mode entgegenkommen, hat aber keinen Dunst von Haute Couture. Für den festlichen Nachmittag in der Gesellschaft Achim von Arnims – Manesse-Ausgabe, tintiges Graupelleder – wählen Sie das ultramarinblaue Kleid aus Seiden-Jersey-Imprimé mit den Schmeichelvolants als Halsschmuck und dem Jabot, bei dem die Figur mit Wienernähten nachgezeichnet wird. Kafka, der um die Wirtin mit den eleganten städtischen Kleidern wußte, empfangen Sie in einer schwarzen Seidenrobe im Stil eines Flamencokleides, inspiriert von der Carmen-Welle, und in einem Bolero aus Straußenfedern. Nichts schadet der Gemütstransliteration mehr als das Sich-ans-Buch-Heranlümmeln in fadenscheinigen Klamotten. Auch die Nacktlesekultur ist ein Skandal. Für Rilkes Stundenbuch wählen Sie ein Ensemble aus Breitcord in zartem Ecru, wozu naturgemäß einzig die messingfarbene Rohseidenbluse paßt; Dostojewski ruft nach dem plissierten, trapezförmigen Kasack in tiefem Scharlachrot – wie aber träten Sie mir, dem zutiefst Leselosen, entgegen, der einmal Buchstabe war? Schenkt Blankenburg dieser Frage die gebührende Achtung? Gibt es einen Pelz für das Nebnetgrauen? Bedürfte es der Brünne und des Panzerhandschuhs?

Leiden Sie auch immer darunter, Herrin von Blankenburg, daß, sobald man die Grasnarbe von der Landschaft abzieht, einem die tumbe Steinzeit entgegenglotzt? Mir, dem Scheintoten überzwerch in der Doppelarche zugeordnet – zwei Bettgestelle, zwei Giebel – sind im Simmental – geostet – die dachziegelartig übereinanderliegenden Decken, die Wildhorndecke und die Plaine-Morte-Decke, die Niesendecke, aus der Wistätthorn, Albristhorn und Gsür ragen, insbesondere Gsür, Frau Menscha, die Klippendecke, die das Gebiet zwischen Diemtigtal und Stockhornkette umfaßt. Auf ihrem Rücken trägt sie die Brecciendecke rings um Zweisimmen. Durch Günz, Mindel, Riss, Würm haben wir uns hindurchzufressen, umgrinst vom Schnurenloch und Gemschiloch und der Chilchlihöhle. Der Leselose, der von den Büchern Abgehäutete fällt notgedrungen ins Paläolithikum zurück. Er wird zum Paläographen. Paläokrystisch die gestauten Scharteken- und Eismassen, werte Fürstin, Wieland quetscht Herder, Herder quetscht Gerstenberg, Gerstenberg quetscht Hamann, Hamann quetscht Gottfried August Bürger.

O Frauke von Fürstenfeld, wir Scheintoten, wir Scheintoten. In der Nacht vor seinem Begräbnistag, als der Arzneigelehrte Peitsch einsam auf dem Totenbett sein Bewußtsein mit der äußersten Spannung auf seinen Zustand heftete, fand er die Bewegungskraft wieder. Aber seine Hände waren mit Wachs und einem Rosenkranz so stark verknäuelt, daß er sie nicht brauchen konnte. Der Pulslose als Entfesselungskünstler. Er sträubte und bäumte sich verzweifelt, und durch diese Bewegungen warf er die Nachttischlampe um. Das Getöse weckte die Leichenfrauen. Sie eilten herbei, erschraken zu Tode, flohen hinweg, kehrten zurück und nahmen ihn endlich auf sein wiederholtes Beteuern unter die Lebenden auf.

Hufeland versichert, einen Fall zu kennen, wo eine Toteneule einige Zeit nach der Beerdigung eines Mannes, den sie als vermeinte Leiche zu gewanden hatte, versicherte, es würde bald noch ein Glied dieser Familie sterben, denn der Verschiedene habe im Sarg seine Augen aufgetan, was für sie immer ein untrügliches Vorzeichen gewesen sei. Die Ignoranten geben diesem Phänomen sogar einen Namen: Totenblick. Zwar kann dies Aufschlagen der Augen zuweilen mechanisch erfolgen, aber es kann auch die erste Regung des wiederkehrenden Lebens, also ein Lebensblick sein. Der Geschwächte wird von den abergläubischen Leichenfrauen niedergehalten – was willst du unter den Lebenden –, also de facto ermordet. Zuerst dem Schein nach gestorben, schriftadelige Gräfin, dann brutal umgebracht: was für ein Doppelschicksal!

Drei Dinge, so Peitsch, der Arzneigelehrte, seien ihm während seines provisorischen Todes besonders peinlich gewesen. Der Geistliche habe ihm so eifrig zugesprochen, daß jede Silbe wie ein Dolchstoß durch seine Ohren gedrungen sei, während der Schreiner Maß genommen habe am starren Körper für den Sarg, sich somit als Maßschneider des hölzernen Rockes erwiesen habe. Man registriert jeden Schritt bis zum endgültigen Zuschaufeln des Totenschreins und kann sich nicht rühren, nicht legitimieren. Der zweite physische Schmerz bestand darin, daß man ihm den offenen Mund mit Gewalt zubinden wollte. Er sei darauf gefaßt gewesen, daß ihm dieser Liebesdienst die Kinnbacken zersprengen werde. Wiederum ist es der Aberglaube, ein Verwandter werde nachgerufen, der zum

Erstickungstod führt. Schließlich war das Besprengen mit eiskaltem Weihwasser die größte Qual. Dennoch schrieb er ihm seine Rettung zu. Da man Peitsch aus frommer Freigebigkeit sehr reichlich bespritzt habe, seien ein paar Tropfen in den Schlund gelangt und hätten den erlösenden Reiz bewirkt.

Sehen Sie, Gnädigste, die Ratlosigkeit der Unsern und uns Nahestehenden ist dermaßen hanebüchen, daß der am Morbus Lexis, mithin unpopulär, atypisch, schiefkant Erkrankte Anteilnahme nur noch von Schmökern, zumal halbwissenschaftlichen Lehrbüchern erwartet. Groteskerweise daher, wo er nichts mehr zu suchen hat. Die unheilbar Gesunden, Robusten, deren kategorischer Imperativ sich im Recht auf Lebensgenuß erschöpft, empfinden jede Krankheit, insonderheit die larvierte, als Störung, reden aber, sobald sie nur eine Migräne befällt, tagelang von diesem unerhörten Ereignis. Durch Kopfweh außer Gefecht gesetzt, klagen sie dem Dauerinvaliden. Sie panzern sich mit Vitalität, am Langschild, am Schuppenpanzer prallen wir ab, und wir haben nicht die Kraft, sie zu einem guten Wort zu überreden.

Aber Blankenburg weiß das Lesen mit dem Wandern zu koppeln. St. Stephan-Scheidegg-Schwenden, Spaziergang durch das Naturschutzgebiet Spillgerten, in einem Trockentälchen durch den Wald steil aufwärts bis zur Alp Fromatt, wo uns das grandiose Bild der Dolomitgrate und Malmkalkgipfel fesselt; fünfeinhalb Stunden insgesamt, hernach den Maler Nolten vornehmen. Es ist eines, den Maler Nolten vor, ein anderes, ihn nach der Bergtour zu lesen. Ob Sie, im

Gemüt gestärkt durch Vehsattel, Schafsattel, Alpetli und Wildgrimmi, in die Lektüre hinein- oder ob Sie aus ihr herausschreiten. Das Gespräch im Gebirg für die Route Leiterli-Tungelpaß-Lauenensee präparieren oder die vier Stunden Celan entgegengehen. Die diesbezüglichen Konferenzen mit Arpagaus im Karten- und Musterzimmer. Loontiens Sorge um das Schuhwerk. Und immer gibt Ihnen Ihr Privatsekretär eine Losung mit auf den Weg, etwa: Bringt doch der Wanderer auch vom Hange des Bergrands nicht eine Handvoll Erde ins Tal, die Allen unsägliche, sondern ein erworbenes Wort, reines, den gelben und blaun Enzian. Die Hütten beim Chüetungel und den Tungelschuß passieren, ohne daß Ihnen einfällt: Rilke, neunte Elegie. Ja, die Losung strecken bis zu den höchstgelegenen Brutplätzen von Bleßhuhn und Stockente in den Schweizer Alpen. Dann erst die schokoladenüberzogene Ovomaltinenstange.

Item, Schruns gehört im weitesten Sinn nicht mehr zu Ihrem Einzugsgebiet, obwohl ich meine Füße bis unters Stockhorn strecke. An der Port bei Wimmis versuche ich mich einer Reflexzonenmassage zu unterziehen, Maut, um bis zur Gräfin hinaufzudenken und sie am Ausgang der Klamm zu bitten, sich meinen vermaledeiten Bettag vorzustellen, vielleicht beim Gabelfrühstück. Loontien reicht die Schinkenomelette, schenkt Malvasier ein und repetiert seinen märkischen Charakter, doch davon später. Ich hänge am Radio wie an einer Infusion. Verkehrsmeldungen, Blankenburg noch ohne Ketten befahrbar, Musikpalette, Regionaljournal, Wunschkonzert für die Kranken, tropfenweise dieses Aetherleben in meinen Venen. Als Gutenachtgeschichte das Schreckmümpfeli. Ich löse im Finsteren jede Frage der Radiomusikbox. Gesucht wird eine Farbe mit hoher Temperatur, zehn Buchstaben. Natürlich, selbstredend Gelbfieber. Ich könnte bei der Redaktion anrufen und eine Platte wünschen, F, Folklore Schweiz. Ich unterlasse es, denn mir genügt es, als Alleswisser in meiner Moribundenarche zu verhungern, egal ob westlich oder östlich der Reuss. Beinarbeit, um eine kühle Ecke zu erstrampeln. Auch die Kreuzworträtselfragen löchern mich nur, und die Antworten nicht minder. Der Kranke, wenn überraschenderweise etwas gegen sein Syndrom spricht, muß seinen Status umerfinden, er erträgt sich nicht anders. Leselos einerseits, lauter Zwiebelfische und Hurenkinder im Netz, handkehrum im Finsteren Gelbfieber gewußt.

So, bibliophile Gräfin, stirbt der Wald, und wahrlich, man müßte der Bäume gedenken, die für eine Bibliothek wie die Ihrige gefällt wurden, als Ihr Schattenminister und Totastförster weiß ich, was ein pathologischer Naßkern ist, nicht zu verwechseln mit der durch Hallimasch hervorgerufenen Holzfäule, die Tanne, man erkennt es an der Verlichtung des oberen Viertels, an der verfrühten Ausbildung einer Storchennestkrone, die Folge des reduzierten Spitzentriebwachstums, ebenso an der Veränderung des Mykorrhizabesatzes, die Kiefer, Pinus sylvestris, Vergilbung der Nadelspitzen, Übergang zu Braunfärbung, Punkt- und Rinden-Nekrosen, die Fichte bildet Angsttriebe und hat einen hohen Totwurzelanteil, die Buche in schütterster Belaubung verkahlt und rollt ihre Blätter ein, halten Sie Umschau im Blankenburger Forst, von den Agaven bleibt oft nur noch ein Neptundreizack übrig, dürrastige Scheuchen einstiger Könige, würden Sie, Hand aufs Herz, Ihre dreißigtausend Bände zurückverholzen, wenn Sie damit dem Wald helfen könnten? Dem Wald und mir.

Die Ärzte, statt in aller Ruhe Schruns-Grächen zu erforschen, wollen immer gleich die Epidermis behandeln. Dabei fühlt sich der Mensch ohne Buchstabenhaut als Neandertaler, reif für das Schnurenloch, die Gsäßgrindhaft. Wenn er lange nicht gelesen hat, hat Zbären zusammen mit Arpagaus im venezianischroten Kabinett exzerpiert, erweitern sich die Löcher im Sieb seines Geistes, und alles fällt durch, und alles bis auf das Gröbste ist, als wäre es nicht da. Es ist das Gelesene bei ihm, das zum Auffangen des Erlebten dient, und ohne Gelesenes hat er nichts erlebt. Typisch, Gnädigste, für Zbären, Ihren Talschaftsmedicus, der im Nebel- und Eisenbahnerloch Zweisimmen ordiniert, von den Einheimischen Zwäz genannt. Für Hausbesuche benutzt er den richelieuroten Bugatti 101 Cabriolet, von dem es ganze sieben Stück gibt. Nicht ein Kratzer im Lack, nicht ein Schrämmelchen, fünf der raren Oldtimer sind noch im Gebrauch, Zbären korrespondiert mit ihren Besitzern, nimmt auch am jährlichen Bugatti-Treffen teil, wo man sich in Schwärmereien über den 3,3-Liter-Reihen-8-Zylinder-Motor mit den obenliegenden Nockenwellen ergeht und zu Ehren Gangloffs, des Colmarer Carossiers, eine Schweigeminute inszeniert; geht die Shakespeare-Ausgabe infolge Überheizung des Schloßantiquariats aus dem Leim, die Schlegel-Tiecksche von Reimer, 1851, bestellen Sie Zbären, der auch für Erste Hilfe bei Buchschäden zuständig ist, und servieren ihm den obligaten Kaffee-Armagnac, den Loontien aus Hohen-Vietz eingeführt hat.

Die langen Blankenburgabende mit Zbären am Kamin, Loontien präsentiert die papageiengelbe, reich mit Goldbronzemedaillen verzierte, von der Republica de Cuba-Banderole versiegelte Havannakiste, diese Flor de Tabacos-Schatztruhe meiner frühesten Kindheit, Verehrteste, der Chirurgus beschnuppert den tadellosen Spiegel, weiß die Form zu würdigen, Corona, trifft den Ton, colorado claro, wählt mit Bedacht die Partagas, erkundigt sich nach der letzten Ernte in der Vuelta Abajo, möchte allzugern eine Romeo y Julieta zum Vergleich heranziehen, schwört nicht unhöflich auf seine Montecristo, läßt auch Upmann und Punch gelten, sucht eigentlich nur einen Vorwand, um alle Puro-Marken mäandrisch ins Gespräch zu werfen, während Sie als bunt hingetuschte Intarsienmuse ganz Ohr sind, beobachten, wie er mit dem Kienspan zuerst den Körper erwärmt, bevor er das Brandende ansteckt, die Spitze immer mit den scharfen Zähnen wegbeißt – was für ein Zeremoniell, wenn man seiner Gesundheit mächtig ist, die Warnung des Bundesamtes für Genesungswesen einfach ignoriert als das Kleingedruckte, das uns letztlich zum Verhängnis wird, wenn auch nur zu einem subsidiären.

Zbären, so Loontien auf dem Latrinenweg, also über Arpagaus, habe sich kürzlich zu meinem Fall geäußert, habe den berühmten ersten Zug getan, da sich herausstellt, ob die Zigarre hält, was die taumelbunten Medaillons versprechen, und habe in eine Sequenz perfekter Rauchringe hinein verlautbart: Synapse, Synopse. Das traun fürwahr kürzeste je über mich verhängte Verdikt, infaust, aber mit einem Schuß Hoffnung. Man müsse ihm einen Namen geben, nach dem zweiten Zug, er. Ihr alter Wundarzt, in Blankenburger Marmor gesprochen, Bugattifahrer, der immer und immer wieder den Stechlin gästehalber liest, um herauszufinden, wie der preußische Landadel zu kurieren wäre. Durchsetzt, daß Krammetsvögel auf den Tisch kommen. In Blankenburg wird man ansonsten nicht krank, nicht die geringste Unpäßlichkeit, keine Hypochondrisierung, man braucht dort kein Franzbrot zu verschreiben dank der herben Kräuterluft, der Wasserstaub-Ionisation, der katarrhlösenden Feuchtwürze der Buuschenbachschlucht, auch dank der magnetischen Karstfelder, der Weißenburger Mineralquellen. Doch was Zbären, der berggängige Landarzt – das Louis Trenker-Syndrom – dort oben in das Goldene Buch Ihrer Hausweisheiten einträgt, nützt uns wenig in der Zisterne.

Man macht sich schlechterdings keinen Begriff von der Stumpfheit des grauen Tablettentodes, der in Tag- und Nachtschichten erlitten wird, Nebnet ist keine Gegend, kein Schmerz, keine Gefahr mehr, sondern die totale Absenz an sich, sogar der letzte Grund, sich umzubringen, kommt uns abhanden, gerade deshalb, weil wir nicht suizidär sind, bar aller Suizidalität, Nicht-mehr-Suizidenten, ist es so schwer, den Ernst

der Lage zu vermitteln, starrsüchtig liegt der Scheintote auf der Matratze und hört sich die Konversation
der Lebenden an, dieses Dauer-Etepetete, der berühmte französische Arzt Thiery zeigt in seinem
gründlichen, anno 1787 zu Paris neu aufgelegten und
verbesserten Werk über den Scheintod, daß, außer in
den Fällen, da der Körper zerschnitten ist, auf den
anscheinenden Tod der wirkliche nie unmittelbar
folgt, daß vielmehr der Mensch sich immer in einem je
nach der vorangegangenen Krankheit kürzer oder länger dauernden Mittelzustand – état intermédiaire –
befindet, währenddessen ein inneres verborgenes Leben vorhanden ist, und daß selbst die angehende
Fäulnis kein zuverlässiges Todeszeichen ist, liebe
Blankenburga. Zäh wie Pech fließt das Blut, der Odem
stockt, man sehnt sich nach einem schleiflackweißen
Krankenzimmer mit Notlicht, nach einer Stations-
schwester, die Blumen austauscht, nach einer Falltür,
auf der Exit steht. Man ist wir, der Pluralis mortalita-
tis. Wenn wir dennoch eine gewisse Überlebensauf-
gabe darin sehen, uns Blankenburg topo- und typogra-
phisch bis zu den kleinsten Zeichen der einpunktigen
Achtelpetit vorzustellen, dann Ihres U.A.W.G.-Cha-
rakters wegen, weil man einer Gräfin Frauke von
Fürstenfeldt, die selig in ihr selbst scheint, nicht einfach drei Kreuze entgegenhält. Sie, die Kurrentadlige,
ich, der Schatten all Ihrer Schriften.

Blankenburg, und ich meine nun das Schloß als
Institution, umfaßt in der Haupt- oder Zentralbiblio-
thek und in den Nebenkabinetten, im Antiquariats-
flügel, in der alten Orangerie, in den Korridoren,

Blindgängen und Treppenhäusern bis hinauf in die bulläugige Mezzaninzone, die Mägdemansarden und Estrichwinkel an die fünfzigtausend Franz-, Halb-franz-, Folio-, Oktav-, Quart- und Duodezbände in Leinen, Kaliko, Schirting, auch in appretiertem Matt-gewebe, in Marmorierpappe wie Achat-, Kleister-, Kibitzdeckeln, in Kapziegenleder, Maroquin genannt, des weiteren Oasenziegen-, Bock- und Samtleder, kein Salpaleder allerdings, Samt- ja, Salpaleder nein, hin-gegen Saffian mit Perl- und Juchtenleder mit auf-geprägten Spitzkaronarben, dann die Pergamentab-teilung, gekälkte Tierhaut, gebimst und mechanisch geschliffen, die besten Kalbpergamente geben veren-dete Tiere her, schrunsichte, die Blutstockung im Fell als Äderung, auch Velin, Jungfernpergament, nicht zu vergessen das ordinäre Schweinsleder für Alben und Almanache, dito Französische und Englische Broschu-ren, wohin, fragt man sich, mit den Taschenbüchern, aber sie haben Platz in Blankenburg, die Gedichthefte und Separata, von der bibliophilen Kostbarkeit mit Flach-, Hohl-, Kopf- oder Rundumgoldschnitt bis zu den Losen Blättern ist alles vertreten, und dieses einer Glasperlenspielorgel vergleichbare Instrument gilt es einmal im Jahr zu stimmen; bedeutet Silvesterarbeit für mich, den Leselosen, die vergangenen zwölf Mo-nate ab- und die kommenden leerzuschreiben, aus dem Loch ins Loch hineinzustarren, heißt es für Sie, im nobelsten Galakleid und mit dem Hilfspersonal des Berner Leseinstituts Legissima die Bestände zu sich-ten, die Sammlung zu temperieren. Da hat ein Nebnet-tor nichts zu suchen. Für diesen kryptokulturellen Akt

– zudienern von ferne, freilich, darf ich ein bißchen –
holen wir aus Ihren Schränken die schönste Abend-
couture, wir denken uns entweder das Kleid von Jean-
Louis Scherrer aus schwarzem Pannesamt mit gold-
glänzendem Plissee-Überwurf und passendem Turban,
das Ihnen einen römisch royalen Auftritt garantiert,
oder den Entwurf von Cosima Carus aus winterwei-
ßem Crêpe-Satin, es ist wichtig, daß sich die oberste
Legistin des Hauses von den Bibliothekstimmern im
kakibraunen Berufsmäntelchen, von diesen zwirbulen-
ten Pagen auf das eindrücklichste unterscheidet, Sie,
Frau Menscha, spielen den Blüthner, Sie konzertieren
durch Anthologien, Kehrausstimmung, einerseits, gewiß, die Störleser lassen sich allzugern auf Wispelia-
den ein, warum nicht auch Konfetti, Papierschlangen
und Wurfkletten, anderseits Arpagaus mit der goldenen Uhrenkette, Loontien in märkischer Livree, Sie in
strahlender Repräsentanz, der Analektenglanz von
Blankenburg im naturgemäß um diese Jahreszeit ver-
finsterten Simmental, die sechsundvierzig Lampen,
wer liest, kann schweigen, Lektüre, so Monsieur Robert, habe vielleicht den wesentlichen Zweck, freund-
lich zu isolieren. Dies müßte ein wenig um Ihre Lippen
spielen.

Werden Sie auch den Silvester- und Neujahrsbräu-
chen gerecht, Frau Menscha, die Simmentaler Bau-
ernknote schlagen während des Geläutes auf Bretter,
um das alte Jahr auszudreschen, dieweil in Boltigen
eine Strohhexe durchs Dorf getragen und, sobald es
zwölf schlägt, in die Simme gekippt wird. Sagen berichten von Steinen am Niesenfuß, die sich lautlos

umdrehen. Nach uralten Kalendenhomilien legt man in Därstetten hartes Brot auf den leeren Platz am Tisch, um die Geister der Toten zu versöhnen. Zwischen dem Aus- und Einläuten kann man die Unterirdischen in ihren Werkstätten emsig arbeiten hören, und wenn man in der Neujahrsnacht zwischen elf und zwölf Uhr auf den Gottesacker geht und Moos von den Holzkreuzen kratzt, bleibt man von Gicht verschont. Eine Muskatnuß im Sack schützt vor Knochenbrüchen, und ein Leseloser in der Zisterne verheißt, daß man fündig wird im Buch des Lebens.

Was ist das für eine Zeit zwischen Weihnachten und Silvester, eigentlich ein Interregnum, der Tannenbaum steht noch, ohne daß die Kerzen erneuert werden, Engelshaar und Lametta glänzen dem Jahresausklang entgegen, Champagner-Vorräte werden ergänzt, in Blankenburg Veuve Clicquot, die Kleinodien der Bescherung sind halbheimisch geworden, My-home-is-my-castle-Inlandemigrantentum beispielsweise neuer Zigarren, doch noch ist nicht das letzte Geschenkpapier geglättet, ein Kräuselbändel, glanzrot, was soll man damit, der Postverwöhnte sichtet die geschlitzten Enveloppen und beschließt Amnestie, man wartet zu, gastrisch benommen von schweren Pasteten, früher die Zeit des Pestalozzikalenders, der Tantendankrundschreiben, der Canossagang auf die Bank, Zimt und Vanille leicht entwürzt, was wäre noch zu erledigen, die zerfledderte Agenda, Stunden nervöser Philatelie, hibernale Ornithologie, was das Futterbrett betrifft, doch keine Lust, einen neuen Roman anzufangen, wiewohl Arpagaus lehrt, man müsse im letzten Drittel eines Buches wissen, welcher Schriftsteller folgen werde, um nicht in ein Leseloch zu fallen – da haben wir's –, und genau dies ist der Riß, den Sie brauchen, den Ihnen Schruns-Grächen leiht, um das luftige Gesindel aus Bern kommen, die Bibliothek stimmen zu lassen.

Das Institut Legissima empfiehlt, getreu nach Pythagoras von 440 Hertz ausgehend die reine Oktave zu suchen, den Quintenzirkel einzupassen und dergestalt die gesuchte Temperatur anzupeilen. Dann harmonisiert man chromatisch, sich am Chromolux der Papierfirma Zander, Bergisch Gladbach, orientierend, jeden Ton in bezug auf den benachbarten. Novalis zum Beispiel ergibt zwischen Rilke und Trakl, wo er nach dem Pythagoreischen System auch hingehörte, einen ganz andern Akkord als in der frühromantischen Stufenleiter, vom Strecken der Quarte bis zu Stefan George ganz zu schweigen. Die Bücher, Calf, Half Calf und Full Calf, nur zur Erinnerung, werden mit speziellem Lederkolophonium gewichst, Daumenregister neu getreppt, ein sogenannter Barbier fönt die Goldschnitte sauber, Eselsohren, zwar selten in Blankenburg, knickt man gerade, es kommt, so der Legissima-Wahlspruch, darauf an, jene enzyklophile Ordnung wiederherzustellen, von der Sie ausgegangen sind, als Sie ihr allererstes Buch erwarben, die Stunde Null der Regale zu berücksichtigen, dies zum einen, aber dann auch quer durch die Editionsreihen, Gattungen, Schulen, Einbandfarben, Nationalliteraturen, Epochen, Formate und Gesundheitszustände von Erstausgaben, unbestechlich, was die alphabetische Nachbarschaft betrifft, gleichermaßen schlagwort- wie schlag-namenkatalogisch die wohltemperierte Klaviatur zu – ja, welches Verb wäre hier am Platz.

Abenteuerlich, durchaus expeditionell, ja, extrem-touristisch der erste nach der Totalrenovation gewagte Griff nach Canettis Blendung. Solange Sie, Frau Menscha, das emsige Altjahres- und Silvestertreiben in Ihrem Schloßgut geduldet haben, Loontien da, Loon-tien dort, das Rollen der Servierboys, das zärtliche Zetern der Leihbibliothekare aus Bern, so plötzlich verlangt es sie nach der Probe aufs Exempel, Nägel mit Köpfen, rufen Sie, und greifen. Der höheren Allotria-stimmung ein kalenderbedingtes Ende bereiten und zücken. Hat, wessen Sie bedürfen, seinen Standort gefunden? Schwingen die Obertöne mit? Zücken, grei-fen, aufs Geratewohl, und siehe, es war gut. Schrunser-seits wäre nun, im Taumel des Gelingens, der Wunsch am größten, Dich, Frauke, Dich kurz, arbeitsmäßig, zu küssen.

Gehen wir davon aus, daß es Ihren Störlesern ge-glückt ist, eine Poliklinik perfekt sitzender Sätze der Gesamtweltliteratur zu bauen, dann müssen wir uns, während im Sälgen für die Handwerker der Aufrichte-schmaus, das Bollito Blankenburg von der Voiture serviert wird – Berner Zungenwurst, Markbein, Sied-fleisch halbfett, Kalbskopf, Suppenhuhn und Rinds-zunge samt den dazugehörigen, aus der Bouillon gezo-genen Gemüsen, auch Lauch –, allen Ernstes fragen, ob wir als Schusterfleck in dieser Komposition erlaubt oder verboten wären; Beethoven schrieb seine virtuo-sen Variationen unerachtet der Rosalie in Diabellis

Walzer, im Volkslied Rosalia mia cara stört die dreifache Transponierung desselben Motivs um einen Ton auf das empfindlichste, weil es eben ein Volkslied ist, bei Liszt, Légende Nr. 1 für Klavier, Takte 90 und folgende, fällt die Sequenzierung überhaupt nicht ins Gewicht, schmuggelt sie sich am Gehör vorbei – wäre es vielleicht sogar so, daß gerade die unendlichste aller Bibliotheken, das Paradies der Stockflecken auf einen Vetter Michel angewiesen ist, weil erst das Muttermal, und sei es noch so winzig, die Ganzheit, also Schönheit erträglich macht? Sind es bei Leierkästen nicht die falschen, die Orgelwolftöne, die uns besonders zu rühren vermögen? Ist dem allen insgesamt nicht ungefähr so, meine Gräfin? Dann, freilich, ja, hineingeschoben das Krankenbett in Ihren Kosmos! Mittenmang die Errata meiner Existenz! Mittenmang, seid um mich, ihr Brunnenbände!

Silvester wird in Blankenburg nach alter Tradition still und traut gefeiert. Die Bibliothek ist nicht nur intern, sondern auch auf das Simmental abgestimmt worden, man hat Turgenjew, Gontscharow und Tschechow so plaziert, daß die Intervalle dem Wanderakkord St. Stephan-Grimmifurggi-Schwenden – alles eine Frage des Goldenen Schnitts – entsprechen. Da Pulver, Pulver, Pulver liegt, dreißig Zentimeter auf gefrorener Unterlage, wäre es verlockend, im gelben Terrassensalon oder im Fumoir, je nachdem ob Zbären dabei ist, die Ankunft Fastrades auf Schloß Paduren oder die weihnächtliche Heimkehr Levin von Vitzevitz' zu spielen. Loontien gäbe den Diener Jeetze ab, Arpagaus im gesprenkelten Kamisol den Baron von der Warthe. Ach, begnügen wir uns doch, schlagen Sie vor, mit dem übermütigen Schellengebimmel von Fastrades Schlitten, und lassen wir die Sterne der kalten Wildstrubelnacht über dem Oderbruch leuchten, damit der Junge Herr sich in seiner Korbschleife tief in die russischen Pelze hüllen muß, gönnen wir uns diese Szenen zur Walderdbeeren-Bowle, Paduren, Blankenburg, Hohen-Vietz, die Kate Stechlin, ein und derselbe Baumeister, aber auch das Haus Nidfluh in Därstetten und das Schnitzwerk Seewer in Boltigen gehören zu unserem Revier, diese lautlos eingepulverten Bauernschreine.

So, stellen wir uns in Schruns-Grächen vor, was uns nur desto tiefer löchert, warten Sie gesammelt auf das Ausläuten, ohne Bleigießen, ohne einen Blick durch die Türritze der Kirche von Erlenbach schicken zu wollen, um brauchgemäß die Zukunft Ihrer Bücher zu ergründen – wen nehmen sie künftig auf als Eleven und wen weisen sie ab –, und wenn es dann so weit ist, wenn die bronzene Brandung aus Zweisimmen, St. Stephan und Weißenburg kristallgeläutert zu Ihnen hinaufschlägt, treten Sie mit dem Spitzkelch auf die Rampe unter das nackstirnige Winterfirmament. Nicht, und das ist entscheidend für den Leselosen, auf der Südseite des Parks und der Grodey-Chaussee verabschieden Sie das aus dem Leim gerutschte Jahr, sondern an der Nordfront, vor der Hoffassade der Bastion, so daß nicht nur Ihre fünfzigtausend Bücher, sondern auch wir in Schruns zäh hinüber finden. Die zeittoten Minuten zwischen dem Aus- und Einläuten, zwischen dem Glockenab- und dem Glockenaufgesang

– wobei immer eine Kirche zu spät kommt, was soll's –
sind uns gewidmet, den größeren Heeren. Knirschend
Leid, möchten Sie uns zur Fortsetzung des Scheinto-
tensiechtums hinunterschicken durch die Port bei
Wimmis, knirschend Leid hat minder Macht zu nagen
den, der es höhnt, und nichts danach will fragen. Wie
wahr, Gräfin, wie wahr!

III

Früher, liebe Von-und-Zu, als meine Lese- und Le-
bensinvalidität erst provisorisch etabliert war, damals
hielt ich das Kärchel – oder die Kalte Kapelle – für
einen nahezu idealen Wohnort, nicht leicht zu möblie-
ren, dies nicht, ein Parallelogramm als Grundriß, so
daß nichts anderes übrig blieb, als den dreiteiligen Z-
förmigen Arbeitstisch, oder sagen wir besser die Ab-
lage, mit der Doppelarche der Schlafstatt zusammen-
zubauen, man kann, und dies ist das Einmalige, vom
Kopfpult direkt ins Bett hinübergleiten, eine Sym-
biose, die meine Spetterin immer wieder in Rage
bringt, man komme, so die Grosche, mit keinem Flau-
mer dazwischen, dafür kümmern sie die Spinnweben
nicht im Gebälk, das ich Ihnen wohl am besten als
paralleloiden zweifachstehenden Kehlbalkendachstuhl
vorstelle, die Sparren schrägschief, keine Firstbohle,
vier frei stehende Pfosten mit Winkelbügen, so daß der
Pultkomplex einerseits, der Bettkomplex anderseits je
wie von einem Galgen überwacht werden, ja, man
mußte um diese gewaltigen Lindenstiele herum sein
Ameublement arrangieren, hirnholzorientiert, immer
wollte ich diese Berührung von Bett und Z, diese
Zigzagkombination für einen Tiefschläfer und Tieflе-
ser, um jederzeit von der einen in die andere Narkose
wechseln zu können, einfacher gesagt, ein riesiges

Holzzelt mit zwei stumpfen und zwei spitzen Winkeln, dies, liebe Schrunsa, wäre in etwa mein Blankenburg, ein Dachfenster über dem Doppelkahn, ein Talfenster in der Südwand gegen Grächen und den Acherswald, dazu ein Bullauge im gekälkten Giebel mit Eichensturz.

Leer nun die Wandschränke und Borde, war ich einstens, also lange vor der Totalverramschung und Einäscherung, der Meinung, Bücher gehörten eingesperrt wie Strafmönche, ließe ich sie heute, hätte ich noch welche, frei herumfleddern, die Grosche freilich ist des Lobes voll über die Politik der geräumten Regale, wo ich gerodete Romane sehe, wedelt sie vergnügt mit dem Staublumpen, wo früher Exzerpte, Kartenwerke und Kompendien, Zeitungen, Briefe und Brockhausbrocken geologische Schichten bildeten, wo überzwerch alles mit allem verfilzt war, spaziert sie mühelos mit dem Tischbesen fürbaß, begriffen habend, daß sie zwar nicht an meine Arche, wohl aber an ihre Anbauten herankommt, nicht an den Kranken selbst, aber an die Patientendependance, an das entzweckte Büro. Hier schaffte ich noch mit letzter Kraft Rüdiger Abramczik, Briefe zur malästuösen Erziehung der Menschheit, bevor ich definitiv übersiedelte, hier hatte ich mich in dieses unikale epistolographische Werk, in die Parerga und Paralipomena verpelzt, als mich der Morbus Lexis brutal aus dem Freileserleben riß und für vorerst unabsehbare Zeit niederwarf, verehrte Gräfin, als der Laplacesche Dämon zu sagen schien, dich verramschen wir jetzt.

Ein durch ungeheuren Felsdruck in die Schieflage

verrücktes Kehlbalkenzelt, meine Spornpächterkate, hinauf in den Nachthimmel die Doppelglasluke über dem Bettkopf, dort, als meine Wenigkeit noch regelmäßig einer Lektüre oblag, lag ich aufgebahrt, durch Kissen gestützt, die Sterne über, die Lettern vor mir, Noktambulismus, warum nur konnte ich nicht aufrechten Ganges mit einem Buch durch den Tag schreiten, schon das Sitzen am Pult mit den Zigzagausläufern bereitete mir Mühe, immer dachte ich, zwischen Galgen und Galgen, also unter dem nördlichen Rähm, hängst du noch mal, und unter dem Vorwand geringer Unpäßlichkeiten rettete ich mich hinüber ins Bett, benutzte den linkshälftigen Kahn als Daunenstudio, die Täferdämmerung kam mir entgegen, und immer nur nachts, mithin unter Tag, ließ sich das schlechte Gewissen besänftigen, dem Herrgott eine Seite aus dem Buch des Lebens gerissen zu haben, dort trieb ich meine Wetterschächte durch das Flöz, ertunnelte ich meine Querschläge und Kopfstrecken, das Nacht- und Nacktlesen – ja, es ist wichtig, sich seiner Kleider ganz zu entledigen –, weil, sobald die Sonne untergegangen war, die Schriftzeichen zu den Leuchtbuchstaben meiner Weltuhr wurden, exegieren als Nokturne gegen den Tag.

Doch Krankheit, so Böhme in De rerum, ist ein Hunger, dieser begehret nur seine Gleichheit. Und ist die Eigenschaft desselben Lebens, welches im Anfange seines Urstandes ist in Freuden gestanden, die Wurzel; und die Krankheit ist ihr übermäßiges Anzünden, davon die Ordnung zertrennet wird; so begehret die Wurzel in ihrem Hunger die Gleichheit, die ihr durch

die Anzündung entnommen worden; itzt ist die Anzündung stärker als die Wurzel, so muß man der
Anzündung ihren Hunger stillen und ihr das einge-
ben, was sie selber ist. Der finstere Hunger begehret
Wesen nach seiner Eigenschaft, als irdische Dinge,
alles was sich der Erde gleichet, und der bittere Hunger begehret bitter Stechen und Wehe, ein solch Wesen gleich dem Giftquaal, nimmt er auch aus den
Elementen an sich, und der Angsthunger begehret
ängstlich Wesen, als die Angst im Schwefel, item, die
Melancolie, die Begierde zum Sterben, und zum Im-
mertrauern. So aber nun der bittere Stachel nicht über
sich kann, und die Herbigkeit ihn auch nicht halten
und einschließen kann, so gerathen sie in ein Drehen
oder Durchbrechen, gleich einem Rade, welches in
sich gehet als ein schrecklich Wesen. Und dann zum
Andern verstehen wir, daß die Signatur oder Gestaltniss kein Geist, sondern der Behälter oder Kasten des
Geistes, darinnen er lieget; denn die Signatur stehet in
der Essenz, und ist gleichwie eine Laute, die da stille
stehet, die ist ja stumm und unverstanden, so aber
der Geist der feurischen Gebärung darauf schläget,
urständet der Gegenhall in des grimmen Feuers Eigenschaft, sintemalen die Signatur im menschlichen Ge-
müthe ganz künstlich zugerichtet, und alles muß zer-
bersten in eitel Angst und Noth und treibender Pein.
Dann aber herrschet die andere Gestaltniss, und sie ist
das Wüthen, Stechen und Bitterwehtun im Nichts der
gelöschten Signatur.

So weit Jakob Böhme, liebe Schrunsa, in der Zeit,
als wir noch nicht leselos waren, nun aber wieder ganz

zu Ihnen, im letzten Brief, den mir die Spetterin entzifferte, haben Sie die Möglichkeit einer Stippvisite in Schruns-Grächen erwogen, Finger davon, Hände weg, horribile dictu, besser, wir kreuzen unsere Gedanken in der tiefen Buuschenbachschlucht, zwischen Gsäß- und Widdersgrind, dort in der Ruine von Bad Weißenburg – kürzlich hat sie das Eidgenössische Militärdepartement ersteigert, um sie mit Luftschutztruppen vollends zu schleifen –, in den Bruchmauerrümpfen des weiland berühmten Waldkurhauses, dessen Fontäne die höchsten Tannenwipfel übersprang, wo es mit Hilfe der Gipsquellen gelang, die harten Geschwulsten zu erweichen, die salzichten und gallichten Feuchtigkeiten auszuwaschen und durch die ordinären Wege des Harns abzuführen – so wenigstens Wolfgang Christen, Doctor und Stadtphysicum zu Bern in seiner Schrift von den fürtrefflichen Tugenden des Weißenburger Wassers –, fänden wir den Locus amoenus für das gigantische Büchersterben im Kopf, und ich könnte Ihnen von hier, von der Zisterne aus – der Hofbrunnen meiner Kate ist längst trockengelegt – das dreihundertachtzig Meter höher gähnende Schnurenloch zeigen, liebe Herrin von Blankenburg; Sie, und das ist bezeichnend, residieren seit drei Generationen im oberen Simmental und kennen es nicht, das Schnurenloch, ich, kaum Ihr Brieffreund geworden, weiß nahezu alles über die paläolithischen Höhlen im Berner Oberland. Wie ist das wissenschaftlich zu erklären, wenn wir an Zbärens Distanzdiagnose denken – Synapse, Synopse –, ja, wie denn?

Rüdiger Abramczik sagt in seiner Schrift über die

malästuöse Erziehung der Menschheit – Analektenkonserven, davon zehre ich noch –, daß schon das
simple Buchstabieren – A wie Anna – vom Willen
zeuge, Ordnung herzustellen im Umchaos, daß bereits
der Alphabetär ein Simultanübersetzer der auf ihn
einstürmenden Phänomene sei, ein Dolmetscher der
Nachtnatur. Chronische Krankheiten wie der Morbus
Lexis seien den anarchischen zur Seite zu stellen,
punktum. Habe man in der gewöhnlichen Legasthenie
eine angeborene Schwäche im Erlernen des Lesens
und der Rechtschreibung vor sich, müsse man beim
Morbus Lexis von einer Katatonie des Gehirns infolge
systematischer Überreizung durch imaginationsinten-
sive Bücherkost im hyperästhetisch-asthenischen Sta-
dium ausgehen, also kurz vom synaptischen Spalt. Für
Arpagaus' Zettelkasten, für die Komplettierung Ihrer
Handweisheitenkartei darf ich des näheren ausführen:
Die Ankunft eines elektrischen Nervenimpulses setzt
in den präsynaptischen Nervenendigungen eine che-
mische Substanz, die Trägersubstanz, frei, die in den
präsynaptischen Bläschen gespeichert wird. Die Über-
trägersubstanz diffundiert durch den synaptischen
Spalt zu der postsynaptischen Membran und verbindet sich dort mit spezifischen Rezeptoren. Dadurch entsteht eine Veränderung der Ionenpermeabi-
lität dieser Membran, die dann wiederum zur Ausbildung eines elektrischen Signals, des Aktionspotentials,
führt.

Ich fasse mich so populärliterarisch wie möglich,
Frau Menscha, so daß die After-Meinen immer zu
sagen gezwungen werden, man hätte es wissen müs-

76

sen. Die wichtigsten Transmitter sind Katecholamine, vor allem Noradrenalin und Indolamine, namentlich Serotonin, das vorwiegend an der Sedierung beteiligt sein dürfte. Für den Morbus Lexis wird vermutet, daß die Sensibilität der postsynaptischen Rezeptoren auf biogene Amine herabgesetzt ist. Das würde bedeuten, daß die aus den präsynaptischen Speichern freigesetzten Transmitter zur Sensibilisierung der postsynaptischen Rezeptoren nicht ausreichen. Oder noch einfacher: daß es bei einer andauernden Belastung des Einbildungsvermögens zu einer Verarmung an Transmittern in den präsynaptischen Depots und demzufolge auch im synaptischen Spalt kommt, so daß die Transmitter-Konzentration zu schwach ist, um die postsynaptischen Rezeptoren hinreichend zu stimulieren. Kurz: man liest sich den Morbus Lexis an, das ist das Ekelerregende, und wahrscheinlich sind es gerade die Gipfel der Literatur, an denen wir uns den Gehirnmagen verdorben haben, die Viertausender der Hochklassik, die Gletschertraversierungen mit Pickel und Steigeisen, die Gratwanderungen von Ode zu Ode, als erstes Symptom die Letternschneeblindheit, die akute Sehstörung infolge zu starker Lichteinstrahlung auf grellen Firnern, wahrscheinlich haben wir uns ganz einfach verstiegen und verrannt, vernarrt in den Hyperion und dergleichen, nicht umsonst schenkt man in Blankenburg dem Ausleuchten der Leseplätze so große Beachtung, nicht von ungefähr kommt es, daß Sie sich den erstrangigen Meisterwerken nur mit der Polaroidsonnenbrille aussetzen, Sie wurden im Lauf Ihrer Lese- und Wanderjahre natürlich gebräunt, ich

77

dagegen tintenschwarz, in Ihnen rezitiert, in mir deto-
niert es. Lassen Sie mich Ihnen durch Loontien die
Lupe bringen, damit Sie sich noch einmal Kerstings
Bild Lesender beim Lampenlicht im Musterzimmer
zuwenden. Ein Kabinett, sagten wir, der totalen Stille.
Achten Sie nun auf die Lampe! Drei Kerzen in einfachen Tüllen, an der Messingstange in der Mitte läßt
sich der dunkelgrüne Schirm verschieben. Im Teller
könnte der Mann in den Sansculotten die Asche seiner
Tabakrolle abstreifen oder den Meerschaum ausklop-
fen. Er raucht aber nicht, warum, die Lampe besorgt
das für ihn. In dem Maße, wie die Kerzen niederbren-
nen, muß er den Schirm verstellen, er wird von Zeit zu
Zeit gezwungen, sich mit dem Licht zu beschäftigen
und darob die Lektüre zu unterbrechen. Er bleibt in
Fühlung nicht nur mit dem Feuer der Schrift, das wäre
das Auslohende, nein er muß sich den drei Flammen
widmen, und dies je mehr, desto tiefer er in das
Buch eindringt. Es ist zwar unwahrscheinlich, aber
nehmen wir an, bei dem Faszikel oder Notbroschur-
brocken handle es sich um Abramcziks Briefe zur
malästuösen Erziehung der Menschheit. An der Stelle,
wo der Gelehrte in einer Quintsentenz behauptet, daß
der Tod die klinische Quersumme aller Gesundheiten
darstelle, hält der Mann in der verschossenen Wer-
ther-Tracht dagegen: Sieh an, meine Talgstümpfe!
Und ist um neue, kerngesunde Kerzen besorgt. Wüßte
er auch noch um das Schnurenloch, schlüge er die
Funken mit Feuersteinen.

In der Tat besteht immer die Gefahr, wenn ich mich
zu meiner Briefgräfin nach Blankenburg hinaufhallu-

ziniere, daß ich, statt das modrige Engnis zwischen Därstetten und Oberwil im ermattenden Schwung zu nehmen, nach rechts abzweige in die Buuschenbach-schlucht und von der gipsquellentoten Bäderruine aus das Schnurenloch anpeile, den Vorposten von Schruns-Grächen. Am Aufbau des Gsäßgrindes beteiligten sich Jura- und Kreideformationen der Klippendecke. Die unterste jurassische Stufe, der Lias, ist vertreten durch graue und braune Mergelschiefer mit härteren Bänken, der darüber liegende Dogger durch zwanzig Meter grauen Kalk mit Kohleeinlagerungen. Diese Ausbildung heißt nach einer versteinerten Muschel Mytilusdogger. Der Malm oder obere Jura ist kenntlich an hellen, dichten oder oolithischen Kalken. Untere und mittlere Kreide fehlen, die obere dagegen wird repräsentiert durch rote und grüne Formaniferen-Schiefer. Die vier Stufen formen eine senkrecht stehende Schuppe, welche mit starker Diskordanz nordwärts an die Falten der Stockhornkette stößt, und zwar dergestalt, daß die Oberkreide als steiler Süd-hang gegen das Simmental schaut.

Zu Fuß vom Tal aus gelangt man in knapp zwei Stunden zur Höhle: von Oberwil bis Weißenbach-Säge und dem Fluß entlang bis zum Haus Ställenen, von Weißenburg aus über Bunschen und Ried. Das Schnurenloch ist so einfach gebaut, daß es als Ganghöhle bezeichnet werden kann. Im Gegensatz dazu wäre Schruns diachronisch-labyrinthisch angelegt, die Schußfahrten mit dem Bett ins Souterrain der Kindheitsängste. Bei Meter vierzehn beschreibt die Höhle einen ersten Knick, um sich dann in der alten Richtung fortzusetzen. Das Tor öffnet sich in der Südwand des Gsäßgrindes. Fast ein heimeliger Robinsonausguck. Man grub hier unter anderem eine Humerus-Epiphyse des Höhlenbären mit Tierverbiß aus. Eine große Ausbeute an Wildtierknochen und -zähnen lieferte die sogenannte Bärenschicht. Doch auch der Gulo Gulo, Vielfraß genannt, der Eisfuchs und der Moschusochse waren vertreten. Dies, Frauke von Fürstenfeldt, ist der äußerste Punkt, wo der Unterfertigte, in der karfangenen Finsternis des Felsenungemachs, Blankenburg entgegenhoffen kann. Es tropft und schimmelt und nüechtelet wie in den Höllgrotten, auch ein Prämolar vom Oberkiefer links, nebenbei, eine atavistische Anomalie, hier, wo meine impaktierte Lesemorbosität sitzt, ausgebuddelt.

Abramczik, Erziehung, vermutet, daß insbesondere der larvierte Naturpatient, der aus dem Alphabet geschleuderte, steinzeitliche Kebshöhlen bewohne und mit deren Moosgehalt seine Humores nähre. Aberwitz, Niaiserie, und dennoch nicht von der Hand zu weisen. Wir, die größeren Heere, die einst Buchstabe waren, hätten somit auch noch im Ranggiloch und im Chilchli einzukehren. Zuviel der Fundstätten, schöne Legistin, man muß insbesondere auch siechenderweise wissen, wie weit man zu weit gehen darf. Ansonsten aber ist der Fußweg Ranggigang über der Klus, Nähe Schwarzmatt, Basislager Boltigen, jedem Eigenbrötler zu empfehlen, wenn auch, und darauf lege ich größten Wert, nicht nach den von der Schweizerischen Arbeitsgemeinschaft für Wanderwege aufgestellten Richtlinien in Form von maisgelben, postpostalischen

Richtungsanzeigern, diese amusischen Geh-geh-geh-Tafeln sind eine Umweltverschandelung, wer, wo er gerade steht, die Höhe über Meer in Metern und den Weg in Minuten aufoktroyiert bekommt, abszissen- und ordinatenversichert, braucht die Strecke nicht mehr zurückzulegen, kann sich die Überlegung, was lese ich hinterher, ein Register oder ein Inhaltsverzeichnis, ersparen. Zum Ranggiloch muß man sich von Walop aus emporranggen.

Ich verwende Flurnamen wie Walop, Pfaffenried, Fuchshalten, Steiniengi und weiß, daß man der Talmelancholie in Blankenburg erfolgreich mit Aristophanes trotzt, Artemis Bibliothek der Alten Welt, Jungfernpergament, ziselierter Rundumgoldschnitt. Das griechische melag-cholia heißt wörtlich Schwarzgalligkeit. Nach antiken medizinischen Anschauungen – sie müßten, wären sie nicht antik, künstlich gealtert werden –, galt die Schwermut als Folge einer durch den Übertritt von verbrannter Galle in das Blut verursachten Erkrankung. Talgalligkeit also, die sich zum erstenmal staut in der Wimmiser Port. Brodhüsi, zur Linken die Burgflue, zur Rechten die Sattelegg. Als Dämmerpatrone dahinter Niesen und Stockhorn. Im Bergfried des an den bewaldeten Totenkopf geklebten Schlosses stecken tausend Jahre Foltertradition. Ein Zitat nur der Anlage von Gaffer Tschingge, die dreihundert Meter über dem Talboden von Oey aus der Latterbachflue ragte. Oey, verehrte Gräfin, ist das kürzeste Wort für den Simmentalkoller. Oey, seufzt der Wanderer, wenn er sich durch die Port quält. Oey zwischen meine Zehen, Oey. Oey-Bruchgeeren-Niesen, lacht Arpagaus in Blankenburg, sechs Lesestunden mit gutem Schuhwerk. Während der Talaufwärtsstrebende angesichts des Walopgrates an Oey irr wird, versilbern Sie den Unort zu klingenden Ausflügen. In der Schloßbibliothek steht der Anakreontiker Johann Peter Uz – Sieg des Liebesgottes – für Oey, als Verstärkung Hagedorn für alle Oeywirren.

In Latterbach/Erlenbach treten die waldstacheligen Flühe zurück, und die Schwarzgalligkeit als meliorierte läßt einen Mansardenhauch von Blankenburg erahnen. Kunstvoll gezimmerte Holz- oder Seufzerbrücken sorgen für ennetgründiges Schröpfen. Sie bilden Passarellen über die Simme und führen ins Niemandsland von Gelberg, Eigraben, Tschuggenwald. Man beschreitet sie nur, um vom andern Ufer aus das diesseitige ermessen zu können, so wie ich von Herzen dankbar wäre um ein Genesungsintervall zur Inaugenscheinnahme von Nebnet. Nein, Abnet, lautet der Kommentar von Abramczik, Erziehung. Nebnet sieht er als Ein-, Abnet als Tiefatmen der Starrsucht. Es sind braun gebeizte Wehrgänge, die sich querstellen, um das Klammgrausen zu akzentuieren. In Weißenburg nach der S-Kurve kommt es zu einem wahren Kumulusstau. Die Bäderschlucht speist das Haupttal, die wild schäumende und kaskadierende Simme öffnet das Gehör für Südtiroler Wasserfälle, den Trommelbachfall, die Koggrabenfälle. Es liegt in der Natur des Staubbaches, daß er hydrogam mit seiner Verwandtschaft prahlt. Sitzt man ummantelt vom ganztägigen Dämmerlicht in der Krone beim Genever, drückt es einem den Kopf auf den Tisch, als wäre eine uner-

82

forschte Zentripetalkraft im Spiel. Die Einheimischen sagen dann über den Wanderer: er närbelt, er serbelt. Tief ausgegründete Heidenkreuz- und Gadenschnitzereien rufen ihm die Seuchenzüge in Erinnerung. Eine unbekannte Krankheit der drüsichten Teile des Leibes raffte anno 1752 an die dreihundert Talbewohner hinweg. Zbären, Fürstin, der Ur-Zbären natürlich, nannte verschiedene Gründe für die Epidemie. Jeden Morgen hätten sich dichte Nebel gebildet wie nie zuvor, auch glaubte er, die Berge würden arsenicalische Teile absondern, welche vor allem in den Schluchten inhaliert würden. Im weiteren führte er den ungesunden Mittagswind an, den Phön, der die Säfte des Leibes zur Fäulung bringen könne.

Erst nach den Engnissen Pfaffenried und Garstatt/ Grubenwald öffnet sich das sensenförmige Tal für den Verkehrsknotenpunkt Zwäz, für die Terrasse von Blankenburg. Erst hier ahnt die beklommene Seele den vermeer- und marzipanblauen Montreuxhimmel, dem der Glacier de la Plaine Morte sein skiwässeriges Firnerlicht beimischt. Hatte man es bislang talein talaus mit dem Flurnamentrotz bramarbasierender Chnubel und Eggen zu tun, also mit verhockt Einheimischem, taucht man nun ein in die Sphäre des Büchergutsherrenbetriebs. Teure Freundin meiner Briefe und meines Herzens, ich scheue immer davor zurück, das, was in Blankenburg geführt wird, Konversation zu nennen, es klingt so nach kuchenmarmorierten Damen, nach Vernissagekonfekt. Nein, in Ihren inneren Gemächern beherrscht man den Spolienstil, indem geeichte Einheiten der Weltliteratur in das Gespräch über Gelesenes, aber auch Landschaftliches eingefügt werden, so wie man Bruchsteine römischer Ruinen in Renaissance-Paläste einmauerte. Wenn Sie mit einem Gast auf die Terrasse treten und ob der Blumenpracht des Rasenparterres ausrufen: O du, sieh an, Levkojenwelle! denkt kein Mensch an den Geschlechtsarzt in Berlin. Nur dem nach unten, asselwärts Gekehrten in Schruns ist der Vers als solcher noch erinnerlich, vermöge seiner Zwangsernährung durch Analeklektizismus-Konserven.

Loontien und Arpagaus haben es verstanden, die Stichworte des Tages so zu setzen, daß keiner danach fragt, ob es in einem Steinfloragarten tatsächlich Levkojen gebe. Sie, Ihr gespitzter Mund bringt sie zum Blühen. Komm in den totgesagten Park und schau – ein Plagiat? Keineswegs, mitnichten, ein restloses Sichbewahrheiten. Aus den Goldminen Ihrer Sammlung fand der Satz die richtige Lücke, an die Oberfläche zu schlüpfen und sich dort zu verstecken. All Ihr Lesen drinnen und draußen, bei Tag und bei Nacht kann als Vorbereitung für diesen Kairos gesehen werden. Wer, wenn ich schriee, hörte mich denn aus der Engel Ordnungen? Kairos! Plural Kairoi. Leiden die Simmentaler Bauern wie alle Hintersassen und Taleigenen an sprichwörtlicher Kairophobie – daher die Holzbrücken als Fluchtstege –, weiß Blankenburg den Augenblick zu vergolden, da es gelingt, einen Satz aus Stifters Brigitta unterzubringen. Wer hat heute noch den Mut zu sagen: Es liegt im menschlichen Geschlecht das wundervolle Ding der Schönheit.

Die auf dem alten Kastlanensitz oft diskutierte

Frage, ob der Geistesfürst von Weimar zeitweise unter dem Morbus Lexis litt, ist müßig, erstens gab es den Begriff noch nicht, und wo es am Terminus gebricht, zögert das Leiden, siehe Morbus Bechterew, Lupus Erythematodes etcetera, zweitens hatte er Eckermann. Brechen Sie mit mir eine Lanze für Eckermann, Gnädigste. Wer einen Adlatus als Konversationslexikon seiner Atemzüge sein eigen nennt, wird noch im Scheintod fähig sein, seine Katastrophe zu Protokoll zu geben, jeden Abend beim Kerzenlöschen von Eckermann sich sagen lassen, unterschreiben Sie bitte, Exzellenz. Da, Ihre letztwilligen Marginalien, Exzellenz.

Eckermann – auch Loontien – hätte mich am Verramschen meiner Bibliothek nach dem großen Büchersterben-Waldsterben zu verhindern gewußt. Aber ich rang mich zu einem fürchterlichen Autodafé des Nicht-mehr-Eigenen durch. Zuerst, wie gesagt, die Hemmung, am Stehpult einen Folianten auch nur noch aufzuschlagen – damit waren auch alle Elefant-Foliobände unzugänglich geworden –, dann die Rückenschmerzen bei der Sitzlektüre an der Zigzagkombination – ein état intermédiaire –, dann die Bettlägerigkeit, weil ich, über die Tische gekrümmt, nichts mehr aufnahm, zu einem Zeilendurchschußverdingkind wurde – noch hielt ich dem Wilhelm Meister stand, nur nicht am heiterhellen Tag, da ich schal und ausgefressen blieb. Hatte ich vor Mitternacht, so entdeckte ich bald, die Bücher leergesaugt, zehrten sie, sobald ich gesättigt entschlummerte – Rekto, Verso –, an mir. Lebte ich bis zum Lichterlöschen von der Theatrali-

schen Sendung, wurde ich in der zweiten Nachthälfte
von der Theatralischen Sendung gegengelesen. Die
Folge war, daß ich je länger desto schwerer erwachte,
bleierner und bleierner, das war der Anfang der Leselosigkeit. Als es nicht mehr auszuhalten war, ging ich
zur Totalverramschung über. Ramsch, einerseits,
Schleuderware, Name anderseits für ein Kartenspiel,
bei dem der Verlierer sammeln muß, wessen Verhö-
kerung ihn zum heimlichen Gewinner macht.

Nur noch von Schubern und Attrappen hatte ich
mich von der Doppelarche aus zu trennen, Schopenhauer zum ersten, zum zweiten, zum dritten, und die
Spetterin trug die Stapel hinaus, schleuderte die Bücher über den Kantergrat in die Giftmülldeponie hinunter – achten Sie, sagte ich, auf den Bumerangef-
fekt –, wo sie nun modern, zundern und miefeln, auch
veraschen und verätzen, nicht an den Meistbietenden
versteigerte ich die Ausschußware, sondern an die
nichtswürdigste Stätte, möglichst der Schrunser Zisterne verwandt, dort unten in Abnet meinetwegen
verkommt, was einst mein Berufsinstrument war, wü-
tet nach Böhme der Geist der feurischen Gebärung
und tilgt die Signatur. Die durchlöcherte Perseität,
eine Lesescheuche blieb im schiefkantigen Kärchel
zurück, der Status quo minus, Gräfin, für Sie.

Halten Sie dergestalt Ihre Einladung aufrecht, Frau
Menscha? Mit dem schönen Satz: wie siech auch
immer, Blankenburg enträt Ihrer? Die zahlreichen
Genitive sind eine Spezialität Ihres Herrschaftsbe-
reichs. Loontien und Arpagaus überbieten sich gegenseitig in Abkunfts-Metaphern. Verlangt der eine nach

der Stunde der Wahrheit, entblödet sich der andere
nicht, Land des Lächelns zu verstehen. Blankenburg
schreibt nicht: Wir müssen Sie haben, sondern: wir
möchten uns Ihrer versichern. Gerade weil das Geni-
tivobjekt im Sterben begriffen ist, so Abramczik, Briefe
zur malästuösen Erziehung der Menschheit, werden
Moribunde und Katatonische kategorisch in diesen
Fall gesetzt. Lautenschlager dagegen, Historisch-kri-
tische Bestandesaufnahme des siechen Wesgefälles,
meint, das Hermaphroditische bezüglich Subjekt/Ob-
jekt spreche unbedingt für die letale Fin-de-siècle-
Stimmung dieses Kasus. Heißt die Liebe Blankenburgs die Liebe von oder zu Blankenburg? Ist es ein
Genitivus subjectivus oder objectivus? Schrieb ich
zuerst Ihnen oder Sie mir? Ist Blankenburg meine
oder Schruns-Grächen Ihre Erfindung? In Ihrem Park
gibt es Pflanzen, die vom Genitiv regiert werden: der
Agave ansichtig werden. Die Montreux-Berner-Oberland-Bahn erscheint im Genitiv: wir schämen uns ihres
Knirschens, aber auch: wir staunen ihrer. Im Wesfall,
so Abramczik im Gegensatz zu Lautenschlager, suche
das Objekt oder Subjekt den direktesten, doch mor-
phologisch aufwendigsten Weg zum Tod. Das Beispiel
freilich borgt der Verfasser der Briefe zur malästuösen
Erziehung der Menschheit beim Genitiv-Linguisten:
die alten Formen der adjektivischen u-Stämme im
Gotischen, hardus, hardjaizos. Lautenschlager, liebe
Dynastin derer von Blankenburg, verdanken wir hin-
gegen die Aufdeckung eines fatalen Irrtums bei der
Übersetzung von griechisch geniké. Nach dem Sprach-
gebrauch der stoischen Grammatiker bedeutet das

Adjektiv genikos nicht die Abstammung betreffend, sondern vielmehr die Gattung bezeichnend, allgemein. So wäre der Genitiv der allgemeine Kasus und nicht der klassische Fall der Herkunft und Abhängigkeit, was man bedenken sollte, wenn man den Scheintoten so bettet, daß man sich seiner erbarmt. Ihrer, schöne Gräfin, dürfte ich auf jeden Fall nur noch im archaisierenden Todesdeutsch begehren, dessen werde ich mich als Abgrundbibliothekar und Rodungsförster befleißigen und nicht entschlagen wollen, wesfalls der Unterfertigte als der Ihrige verbleibt.

IV

Nun, liebe Blanca – Sie gestatten, daß ich Ihnen neben dem Sommer- auch einen Eisnamen gebe –, Blanca Franziska, Blanca Franziska Fernanda von Blankenburg, haben Sie es doch tolldreistestens gewagt, mir, dem Leselosen, der verramscht und daféisiert hat, was in den Schränken dicht bei dicht, Rücken an Rücken gegen ihn stand, einen Bücherpacken zu schicken, als Stein in den Garten zu werfen, nichts Geringeres als den kompletten Grimm, und zwar den Faksimile- oder Reprint-Grimm, dazu einen Blindband mit der Bemerkung, Sie hätten immer einen solchen auf Ihrem Schreibtisch liegen zum Umblättern und Streicheln der leeren Seiten, die unabdingbare Etüdenzärtlichkeit vor dem Einstieg in welche Lektüre auch immer, auch erfordere, so Ihr Postscriptum, jede größere Bibliothek solche Editionen der Leere als Pufferzone zwischen allzu streitbaren Geistern – ja, auch in einer friedlichen Schloßbücherei gebe es Querelen, Rangeleien, man kenne die Dominotheorie – für mich den Blind-Grimm auf Verordnung Zbärens, eine durchaus humane Medikation, im Gegensatz zu meinen bunt gesprenkelten Libropharmaka, zu dem einzigen Zwecke, daß ich den Begriff Nebnet eintrage und in einer Kolumne, der Basissäule für größere Schriftgebäude, nach bestem Leiden und Gelittenhaben so weit wie möglich erkläre, dies sei immer noch besser, als in Bauchlage Versalien des Scheiterns in die Matratze zu stieren, so scheintot, daß ich mich restlos selbst verzehren wolle, könne ich, ziehe man die Blankenburg-Briefe in Betracht, doch nicht sein, zwar handle es sich da gewissermaßen um Epistolae obscurorum virorum, aber, etcetera.

Die dreiunddreißig grasgrünen Brocken – ja, Dunkelmännerbriefe, das trifft's – solle ich als Flugschanze betrachten für meinen Klinischen Grimm von A wie Abartung, multiple, bis Z wie Zyklothyme, für mein Morbositäts-Idiotikon, denn die Organe sprächen, auch wenn man ihren Reliktstufendialekt nicht verstehe, Mundart, sie oberländerten singsangend, während die Spezialisten unter den Ärzten immer tiefer in ihr Fachwelsch hineinrutschten, Mundart der Schmerz und mit dem Hammer drauf eine Pschyrembel-Diagnose; ein Buch, sagten die Chinesen, sei ein Garten in der Tasche – ein Schloßpark im Hausiererköfferchen –, die Natur mutatis mutandis ein paginiertes Kompendium, ich solle den Blind-Grimm unter den Pfulmen legen, den Pfühl – ob ich nebenbei wisse, daß dieses Wort mit Pulver verwandt sei, immer ein Spektakel, die Familienverhältnisse der Vokabeln – und unter seiner, Zbärens Oberaufsicht, mithin in einer Simmentaler Distanznotverarztung langsam wieder Zutrauen fassen zu den Lettern, sie so verehren wie die Kubisten und Dadaisten in ihren letteristischen Collagen, Klees Buchstabe besonnt hänge ja, wie mir nicht entgangen sein könne, im Lilakabinett von Blankenburg, Kandinskys ABC als Ballett in der

Treppenhalle, solle, statt mich bäuchlings-meuchlings nach unten zu leben und bittere Runen zu spucken, also letztlich doch Blut zu husten – um so angemessener die Kräuterluftbäder im Simmental, immer daran denken, daß auch die vollkommenste Dichtung, wesfalls sie sich überschneide mit der verbalen Kakophonie, nur ein in Unordnung geratenes Alphabet sei; schlüge ich im Grimm nach, so fände ich schon das A als Leckerbissen geschildert, der edelste, ursprünglichste aller Laute, aus Brust und Kehle voll erschallend, den das Kind zuerst und am leichtesten hervorbringen lerne, freilich sei es auch der Angina-Vokal, radebrochen, wenn der Doktor die Zunge niederdrücke, traun fürwahr der Ekel-Laut, wovon Zbären als Landarzt ein Lied singen könne, aber: justament diese Ambivalenz sei die einzige Chance des Leselosen, vom Alphabett, wenn dieses Wortspiel gestattet sei, zurück in die abcliche Ordnung, die Synapse in der Synopse überwinden.

Wenn Sie wüßten, liebe Blanca, meine Schriftadelige, was es braucht, bis ein solches Paket mich erreicht! Ist eine Expresspostalie für mich unterwegs – und wie anders sollte Schruns zu knacken sein als mit dem teufelsroten Kleber –, kriegt Surleuly von der Feldpost Grächen – sein Schaltergebäude, rundumvergittert, steht in der Ecke eines immensen Brachackers – ein Telegramm, ein interpetetäres, gelb umrandetes, worin die Verteilerzentrale Olten meldet, ein Prestissimo sei unterwegs und werde in Grantelfingen aus dem fahrenden Zug geworfen. Kurz und bündig, also muß der gute Surleuly die Milchglasfenster schließen, den Schalterdienst quittieren und mit dem Postvelo durch den Acherswald nach Grantelfingen zum riegelschuppenhaften Bahnhöfli pedalen, um vor seinem SBB-Kollegen zu salutieren, wenn ihm dieser mit einer wahren Saatgebärde das Expreßpaket vor die Füße schmeißt. Da, Postmanna, da! Surleuly verfügt sich nun in den Felsgarten, wo er nach dem verdienten Kaffee Luz mir telefonisch mitteilt – bereits der vierte Postweg, Gräfin –, daß ein Pressieri, so wörtlich, soeben vor wenigen Minuten gekommen sei, ob es wirklich so eile. Um dies beurteilen zu können, bleibt mir nichts anderes übrig, als ihm mündlich zu erlauben, schriftliche Vollmacht folgt, das sakrosankte Postgeheimnis zu verletzen und mir den Absender zu nennen. Werde ich daraus nicht klug, sage ich: schlachten. Gut, obwohl laut Briefträgerreglement strengstens untersagt, erbricht Surleuly die Sendung und verrät mir den Inhalt, womit natürlich der Bescherungscharakter zerstört ist. Ich habe jetzt, und immer noch von ferne, keine Freude mehr am Paket. Aber des Zustellbeamten Mission ist erst erfüllt, wenn er mir das nunmehr versehrte Eilgut eigenhändig ausgehändigt hat, wozu es weiterer Verhandlungen bedarf. Natürlich kommt er zu mir nach Schruns hinauf – glaubten Sie bislang, ein Loch könne nur in einer Sohle liegen, haben sie die Krater der Vulkane vergessen? –, aber vielleicht können wir uns auch in der Mitte irgendwo und -wie treffen, oder ich habe in Grächen gerade etwas zu erledigen etcetera; dies alles will mit Bedacht und gegenläufig zur knallroten Expressionalität erwogen sein, bis schließlich mein Patientenstatus dem Hin und

Her ein Ende bereitet. Binnen einer guten Dreiviertelstunde, womit der Eilbonus natürlich verbraucht ist,
steht Surleuly am Fußende meines Kahns und legt den
leicht lädierten Grimm Band um Band auf meine
Bettdecke. Ist es nicht ein Wunderbares um die Post?
Sein Aeugstern sollten Sie sehen, Blanca, sein Brauenspiel, seine Briefträgerlichterchen, wobei Surleuly,
wohlgemerkt, Schalterinhaber und Bote in einer Person ist, eine autarke Petetegestalt. So werde ich mich
also noch einmal, dachte ich als erstes, unter dem
abgestorbenen Kranz des deutschen Wortschatzes
hervorzuarbeiten haben.

Damit Sie, Menscha Blanca, im Schloßgut zum
Grimm greifen, bedarf es einer besonderen Verdüsterung des Simmentals. Die Kirche von Oberwil nervt
Sie mit einer Darstellung des Heiligen Laurentius, des
Patrons der Bibliothekare, der auf einem Eisenrost
verbrannt wird, der Tag beginnt stocklaunig mit kleinen Unfällen, Sie verletzen sich den Daumen an einer
grasscharfen Seite, Loontien läßt eine Tasse fallen,
die Montreux-Berner-Oberland-Bahn kreischt ungeschmierter denn je in der Kehre, in der Küche läuft die
heiße Schokolade über, ohne die an Dostojewski nicht
zu denken ist, Zbären sagt einer Geburt wegen seinen
Hausbesuch ab, Octavio Paz schmeckt nach Kautabak, im Simmetli – dem Pendant zum Wimmetli
unten vor der Port – ächzt der Gaden, in der Dämmerung schlagen sich die Boskop-Buben aus dem Haus
Perren, St. Stephan, die Köpfe blutig, das Netz der
Wanderwege umschnürt Ihre Brust, sie finden Bachs
Blütentherapie nicht – alles hat sich gegen Blanken-

93

verschworen, da kommt der Moment, wo Sie sich
.en Band Grimm anschleppen lassen, um mit dem
Gewicht seiner Kolonnen die sabotierenden Hausko-
bolde totzuschlagen. Wort um Wort rücken Sie vor im
Dschungel der Deutschen, wild säbeln Sie mit der
Gerte um sich, lesen sich den wahren Grimm aus dem
Leib, doch nie nie nie nehmen Sie die universalste aller
Konkordanzen mit ins Bett, zu schwach im Volumen
das opake Bibeldruckpapier – liegend blättert man ja
viel energischer als stehend oder sitzend –, zu skelettös
die Schrift, zu viel Buchstabenschwärze.

Mich aber beschenken Sie vierunddreißigfach gras-
grün und gehen mit Blankenburger Noblesse davon
aus, daß ich mich in meiner Bettstatt-Werkstatt zumindest so lange durch die Spalten fresse, bis ich
auf Schruns stoße. Doch Schruns für Schranz und
Schrunde, schrunzicht für schrundicht kommt dem
nebnetösen Ungemach nur vage nah. Aus klinischen
Beobachtungen bei Hirnverletzungen kann geschlos-
sen werden, daß das Lesen nicht eine globale Leistung
des ganzen Gehirns ist, in Anspruch genommen werden nur exklusive Regionen im Scheitelbereich der
dominanten Großhirnhälfte. Nach dem Ausfall dieser
Cerebralrindenzonen kann der Mensch urplötzlich die
Fähigkeit zum Lesen teilweise oder ganz verlieren.
Man nennt diese Krankheit Alexie, Verlust des Buch-
stabengedächtnisses. Je nach Ausdehnung der geschä-
digten Gehirnsubstanz – den synaptischen Spalt nicht
vergessen, Gräfin – kann die Alexie Hand in Hand mit
der Agraphie auftreten, das ist eine Störung des
Schreibens oder Abschreibens. Sind zum Beispiel die

Assoziationsgebiete im Bereich des Gyrus angularis ausgefallen, leiden die Patienten unter topographischer Amnesie. Alexie in Kombination mit Agraphie führt zu totalem Analphabetismus. Hinzu kämen noch die Lesestörungen infolge sensorischer Aphasie, zurückzuführen auf die Insuffienz des Schläfenbereichs der dominanten Großhirnhälfte. Was aber haben wir davon, Blanca Fernanda, eine cerebral-somatische Erklärung für die Tatsache, daß mich die Wörter löchern. Lächern und löchern, genau gesagt.

Nichts haben wir in der Hand gegen den Morbus Lexis, nichts, und sie decken mich fürsorglich zu mit siebzigtausend Spalten Grimm, mit dem gesteppten Überwurf des deutschen Wortschatzes, soweit er bis dato erforscht ist, noch kommen ja laufend neue Germanismen hinzu wie Nebnet, Abnet und Tobnet, von den Austriazismen und Helvetismen zu schweigen, dabei habe ich im Zuge der Verramschung meiner Legistenexistenz die Paradigmen exemplarisch ausgerottet bis hinunter zu den indogermanischen Wurzeln, habe ich ohne Anästhesie den Knochenmeißel angesetzt, Extraktion um Extraktion, Blutauswürfe, Pulpa um Pulpa, Prämolaren, habe ich, man kann wohl sagen, ins grauste Gras gebissen, Dentale, Labiale, Gutturale, die Sprache ist des Menschen Zahnwerk, der Bücherwurm nagt sich durch sein Futter, Staubläuse und Milben nähren sich von der Zellulose im Papier – Stammsilbenfäule, Karies, Knochenfraß, basta.

Zwar hat die pharmazeutische Industrie mit großem Getöse ein gelbschwarz geflecktes Präparat auf den Markt geworfen, das Libronex, das, freilich gekoppelt mit verheerenden Nebenwirkungen, die Leselosigkeit mildern soll. Man kriegt Schweißausbrüche wie in Bibliotheken, wo ich mich nie länger als eine halbe Stunde aufhalten konnte, weil ich gleich das Hemd durchschwitzte. Ferner leidet man infolge des gesenkten Blutdrucks unter Schwindelanfällen, so daß die Wörter einem vor den Augen herumtanzen, und die Mundtrockenheit ist so groß, daß auch der künstliche Speichel Glandosan nichts nützt. Hinzu kommt, daß die Erregung ins Manische kippen kann, und man wird unweigerlich zum Biblioklasten, zum Zerstörer, der die Bücher ausschlachtet. Wie alle vergleichbaren Produkte ist Libronex leber- und nierenschädigend, wohingegen die Schwarzgalligkeit angereichert wird, immer wieder verbannt man uns per os in die Schrammelwerkstatt der inneren Organe, ohne daß wir dort, wo der Prozeß unter dem Ausschluß unser geführt wird, auch nur das Geringste zu sagen hätten. Das Inhaltsverzeichnis des den Packungen beigegebenen Gebrauchsleporellos ist stets dasselbe: Zusammensetzung, man stimmt sich ein, Eigenschaften, der Patient horcht auf, Pharmakokinetik, er fühlt sich überfordert, Indikationen, endlich wird in seiner Sache gesprochen, übliche Dosierung, uninteressant, da ohnehin chronisch überschritten, dann aber Doppelpunkt, Achtung, aufgepaßt: Nebenwirkungen – und der Placeboeffekt ist dahin. Förmlich auf die Kontraindikationen zugespitzt sind diese Apothekerlitaneien, und je mehr der Tablettenwillige schluckt, desto unentwirrbarer setzt sich seine Krankenpsyche aus unerwünschten

96

Einflüssen zusammen, summa summarum übertrumpfen die subsidiären Schäden das Hauptübel. Nebnet, Abnet und Tobnet als Vasallen des Morbus Lexis: ein zeltförmig auf den vorderen Kanzleischnitt gestellter Makulaturband, der sich nach unten lebt, den größeren Heeren entgegen.

Aber, und das ist das völlig Unerwartete, schöne Blanca von Blankenfeldt, Ihr Geschenk, das mich mohairen zu wärmen beginnt, ist ein erotischer Grimm, ich habe die Faksimilefolianten neben mich in die linke Archenhälfte gelegt, also schon zigzagpultorientiert, und siehe, sie bleiben mir. Fac simile, mache ähnlich! Wir erwachen wie die senilen Frühaufsteher im Morgengrauen und schrecken zurück: wie, noch ein Tag? Ein Riesengebirge, ein Gipstopogramm drückt uns nieder, die Toteneulen verfahren so mit ihren Scheinleichen, wenn sie sich rühren, zwingen sie sie in den Sarg zurück mit dem Ausruf: du bist tot, was willst du unter den Lebenden. Ja, was wollen wir eigentlich noch, wenn wir uns an ein fürstliches Buchzentrum wenden, und sei es nur, um die Korrespondenz des bitteren Restes zu erledigen? Im Sinne einer reziproken Amnestie? Das Schlimme ist ja, wir haben das Sterben hinter uns, vor uns und um uns, wir warten in Bauchlage nebnet – auch nebnet regiert den Genitiv – des Todes. Wir suchen vergeblich eine Lücke in der Phalanx Ihrer strahlenden Belesenheit, und was, o Wunder, geschieht? Eines Tagesanbruchs ertrage ich den antiquagesetzten Tresor des deutschen Wortschatzes neben mir im Bett, blättere sogar schlaftrunken – auch das ein gutes Zeichen – im Klinischen

Blind-Grimm, noch nicht um ihn zu paginieren, bei weitem gefehlt, aber immerhin das Papier vorkostend, mich in Papiersorten ergehend, Palimpsest, das nach dem Abschleifen der alten Schriftzüge erneut verwendet werden kann, Ikono, Chromolux, Gustavmarmor, Lombardiabütte, Bücherschreib holzfrei, Japanpapier aus Kozu, Mitsumata und Gampi. Was sagt denn Blankenburg dazu, schriftadelige Brieffreundin, was Loontien, was Arpagaus, was insbesondere Zbären im speziellen?

Ja, ich weiß, die Gräfin Cerniatinsky. Ihr Gatte starb aus Kummer über ihren Tod, grämte sich ins Grab, der Wittlig Cerniatinsky, doch ehe er beigesetzt wurde, verfügten sich der Kirchendiener und der Wasenmeister, ein unzertrennliches Paar, in die Gruft der abgelegenen Kapelle, um die Stätte vorzubereiten. Kaum öffneten sie das Tor des Gewölbes, stürzte der Küster vor Entsetzen zu Boden, jedes Haar sträubte sich empor, denn die Cerniatinsky, angetan mit einem weißseidenen Totengewand, saß in ihrem Sarge. Mit dem Rücken lehnte sie an die Mauer, auf ihrem Schoß lag das Gerippe eines neugeborenen Kindes. Das Kleid war über und über mit Blut befleckt, das Gesicht grausam entstellt. Ihre Wöchnerinnenohnmacht war für den Tod gehalten worden, und niemand hörte das unterirdische Kreißen, als sie in der Familiengruft niederkam. Der Fall aber, oberste Legistin, geben Sie auch dies dem Privatsekretär zu Protokoll, daß Scheintote unerwartet ins Leben zurückkehrten, war unter den christlichen Griechen doch so häufig, daß man einen eigenen Namen für sie erfand, Hysteropotomi.

Sie wurden noch einmal getauft und feierlich ins zweite Leben eingeweiht.

Bereits hat mich der Beischläfer-Grimm so weit gekräftigt, daß ich mit dem Gedanken einer wiederholten Taufe in der einzig dastehenden, hochmittelalterlichen Kirche von Erlenbach spiele. Was für eine Gottesburg! Der Simmentalgänger, der, von Latterbach kommend, noch leicht portverstimmt in Erlenbach einen Marschhalt beschließt, sich an den Schnitztruhen der Bauernhäuser ergötzt, steht plötzlich vor einer überdachten Holztreppe von achtundfünfzig knarrenden Stufen, die von David Tschabold gezimmert wurde und über den Wildenbach zur Kirche emporführt. Das heißt, Gräfin, Sie erleben, noch bevor Sie ins Innere gedrungen sind, einen epischen Kanzelaufstieg. Nicht le vasiztaz, das-ist-das: die Kanzel von außen stürmen. Der Haupteingang befindet sich auf der Westseite unter der offenen Vorhalle, dem Chilchschopf. Über dem Chor mit seinen drei Rundbogenfenstern erhebt sich der Turm, der mockigste aller Simmentaler Gottespilaster, gekrönt von einem Spitzhelm über dem offenen Glockengaden, der sich achteckig krempdachig nadelfein zuspitzt bis zum schmiedeeisernen Kreuz. Als Kuriosum sei vermerkt, daß die Zifferblätter der Uhr vom blutjungen Ferdinand Hodler bemalt wurden.

Durch das Portal gelangen Sie in das spärlich erhellte Schiff mit der gewaltigen Segmentbogentonne und werden von einem Reichtum an unbeschadeten Wandmalereien aus drei Epochen überrascht, daß sich das Auge nicht zu fassen weiß. Wo einatmen, wo ausatmen? Die stillkälkig leuchtenden Freskenteppiche führen Sie durch alle Tiefen und Höhen der Menschheit. Westlich auf der Höhe der Empore beginnt der in drei übereinander liegenden Bändern angeordnete Zyklus, die querrechteckigen Felder mit dem alternierenden Grund sind durch Vierpaßbordüren voneinander getrennt. Sie stehen und staunen und stummen ob dieser rotweiß grundierten Bilderbibel auf Bruchstein gedruckt, Maria umgeben von trauernden Frauen, Jesus in der Vorhölle, der Cherub vertreibt Adam und Eva und verwahrt das Paradies mit der Flamme des zuckenden Schwertes, Alpha und Omega, es nimmt kein Ende; im eingezogenen Turmchor haben wir die drei Kappenzwickel, Gott übergibt Moses die Tafeln mit den zehn Geboten, unten der monumentale Zwölfbotenfries, die Apostel als Verkünder des apostolischen Glaubensbekenntnisses, das abschnittweise auf hochaufflatternden Schriftbändern wiedergegeben ist; Bilderschmuck und Architektur müssen synoptisch gesehen werden, Blanca, diese hermetisch geschlossene gotische Gesamtdekoration ist ein pastellener Tunnel tief ins Mittelalter, Taufstein aus Alabaster, hier können wir uns nicht bahren lassen für die Genesung, aber den Namen empfangen von Ihrer Hand.

Hätte ich gestern wahrscheinlich noch gesagt, was sind Fresken anderes als zu Tode gemörtelte Inkunnabeln, entsinne ich mich heute, dank eines Hinweises von Arpagaus, des theoretischen Physikers Erwin Schrödinger, der als erster den Gedanken formulierte, das vollständige Potential der zukünftigen Entwicklung eines Organismus lasse sich in den Chromosomen des Zellkerns nach Art einer verschlüsselten Schrift begreifen. Die Störanfälligkeit eines Textes durch zufällig auftretende Fehler wie Zwiebelfische und Fliegenköpfe, beschränkt man sich auf das Drucktechnische, beleuchtet die Funktion des genetischen Apparates besser als irgendein anderer Sachverhalt. Ein spezielles wäre die Kalauerlinguistik. Schrödinger sagt: Die große Enthüllung der Quantentheorie lag in der Entdeckung von Unstetigkeiten im Buch der Natur. Doch welcher metaphysische Leser wäre imstande, den Chromosomencode zu entziffern? Es ist bezeichnend, daß der Physiker auf eine Instanz zurückkommt, welche im Jahrhundert der quantenmechanischen Statistik ihre Autorität eingebüßt hat: den Laplaceschen Dämon. Laplace stellte bekanntlich die freilich eine lückenlose Kausalität voraussetzende These auf, daß ein überragender Geist, der den Bewegungszustand der Materie im großen wie im kleinen, also Ort und Impuls jedes einzelnen Atoms und Moleküls, in einem bestimmten Augenblick kenne und die vielfältigen Wechselwirkungen zu berechnen in der Lage sei, die Zukunft quantitativ vorausbestimmen könne. Die fiktive Weltintelligenz, die nur den Grenzbegriff der Leistungsfähigkeit einer deterministischen Physik hatte darstellen wollen, wird unversehens zum Zellkern-, also Handleser.

Das ist natürlich interessant, Kompliment, Schrödinger, doch wir müssen einen Schritt weiter gehen. Erst wenn sich der Laplacesche Dämon mit der Blankenburgischen Idise zu einer fraulichen Schicksalszuteilerin verbindet, und daran zu glauben macht mir der Blind-Grimm Hoffnung, werden Nebnet, Abnet und Tobnet lesbar. Wie heißt es, wenn ich auf die Analektenkonserven zurückgreifen darf, im Ersten Merseburger Zauberspruch: Eiris sazun idisi, sazun hera duoder, suma hapt hedipun, suma heri lezidun, suma clubodun umbi cuniowidi: insprinc haptbandun, invar vigandun! Entspring den Haftbanden, entfahr den Feinden! Lesen heißt ja nicht nur Geschriebenes aufnehmen, sondern auch einsammeln und aussuchen, und Sie, die umfassende Liseuse von Blankenburg, sammeln nicht nur geschützte Kunstworte, sondern auch die Mont-Cenis-Glockenblume, den Gletscher-Hahnenfuß, das Rundblättrige Täschelkraut, den Gegenblättrigen Steinbrech, die Klaminthe und den Alpenmohn, und Sie lesen Ihren kranken Nachbarn auch. Mit dem Grimm haben Sie versucht, Ihren Bücherschutz über eine gequälte Kreatur zu breiten, und es scheint Ihnen gelingen zu wollen. Nur Frauen vermögen Dichtung so aufzunehmen, daß der schattenhalb aller Schrift und Rede narbende Patient sich zwischen die Seiten gebettet fühlt, nur stark strahlende Gebirgsgräfinnen, wenn überhaupt, die Impotentia legendi zu überwinden, wir wissen ja, daß Spitäler und Kliniken nur dann etwas auszurichten vermögen, wenn die Schwestern das Einbetten beherrschen.

Ein Billetdoux, in der Tat, von vierunddreißig Kilo neben mir in der Reserveliege. Kam ich in der Kapitalarche unter dem Galgen nicht mehr voran, benutzte ich das Rettungsboot zum Fortscheitern. Das ist der Vorteil, sehen Sie, gegenüber jedem noch so luxuriö-

sen Privatsanatorium, ich habe hier Figge und Mühle,
was das Liegengelassenwerden betrifft. Blanca Franziska Fernanda ködert mich indessen nicht nur mit
dem Grimm, sie lockt den Nebnetösen zu Grächen
und Schruns auch mit den Erfolgen, die Blankenburg
in der schrittchenweisen Behandlung von Dorotha
Hamm-Bruchsal erzielt. Wir haben es hier mit einer
ziemlich weit hinausvervetterten Kusine x-ten Grades
von Ihnen zu tun, die scherbelnd geschrien habe, als
sie im gelben Salon ein Buch auch nur gerochen habe.
Man habe sie sofort evakuieren und in ein papierfreies
Zimmer bringen, auf eine Ottomane legen müssen,
wobei ihr die Tatsache verschwiegen worden sei, daß
auf diesem gondelsanften Liegemöbel ohne Rücken-
lehne schon Gontscharow und Kerner zu Gemüte
geführt worden seien. In einer der Erdenschwere angemessenen Seitenstützlage.

Respekt, das war nicht ungefährlich, liebe Blanca,
der Leselose, der sich so perfekt auf das Liegen versteht, kann, wenn man ihn mit dem Oblomov reizt, in
einen ottomanischen Zustand geraten. Die Hamm-
Bruchsal aber habe dieses gewölbte Kanapee, wenn
auch mit Juckreiz, ertragen. Nun ist natürlich Libro-
phobie etwas ganz anderes als der Morbus Lexis. Im
einen Fall kann man mit Verhaltenstherapie alles, im
andern nur Kontraproduktives erreichen. Man muß
nur achtgeben, daß die Phobie nicht zur Phobophobie
degeneriert, zur Angst vor Angstanfällen. So dürfte es
richtig gewesen sein, Loontien im papierfreien Zimmer
mit palmierten Damenalmanachen an der schlafenden
Hamm-Bruchsal vorbeihuschen zu lassen. Ich kannte

eine Sekretärin, Verehrteste, der es unmöglich war, einen Weg zu beschreiten, an dem Brennesseln standen. Sie roch das mit Brennhaaren ausgestattete Unkraut kilometerweit voraus. Was tat der Arzt? Er brockte ihr eine berufliche Falle ein, sie setzte sich so sehr in die Nesseln in ihrem Büro, daß sie künftig die Stauden mühelos passieren, ja, sogar berühren konnte, ohne einen Brennschmerz zu verspüren. Ein Patient, der aus dem Reservoir Zbärens stammen könnte, litt unter einer zentnerschweren psychogenen Depression und beschloß, sich im Rhein bei Schaffhausen zu ertränken. Er sprang ins eiskalte Wasser, aber derart dilettantisch, daß er in die Strudel geriet und mit dem tosenden Rheinfall in die Tiefe gespült wurde. Der Schock war lebensrettend. Der Patient tauchte auf, schwamm mit neuen Kräften an Land und wußte nichts mehr von seiner Depression.

Diese sogenannte Wasserfallschocktherapie hat, wie Sie sich denken können, Furore gemacht in der Forschung, kann aber, im Gegensatz zum klassischen Elektroschock, nicht verordnet werden, sie scheitert an der Irrezeptierbarkeit. Es ist immer dasselbe: da stoßen die Ärzte per Zufall auf ein Naturheilmittel, können es aber nicht klinisch domestizieren. Die Elektroschock-Behandlung von Bini und Cerletti erzeugt künstliche epileptische Anfälle, indem mit Hilfe eines besonders konstruierten Apparates ein Wechselstrom, Höchstspannung 120 Volt, von Schläfe zu Schläfe geleitet wird. Gegenüber dem Cardiazol-Krampf hat diese Methode den Vorteil, daß das quälend empfundene Vorstadium zwischen Injektion und Anfall wegfällt, weil das Bewußtsein augenblicklich entschwindet, wenn der Strom eingeschaltet wird. Von Steinkühlers Neurobiologie der visuellen Gestaltwahrnehmung und des Lesens verführt – literale Alexie etcetera –, glaubten Bini/Cerletti anfänglich, den Morbus Lexis, den es zu ihrer Zeit allerdings noch nicht gab – aber sie spürten ihn im Wasser – mit dem Elektroschock heilgefügig machen zu können, und schlitterten mit dieser Hypothese in einen medizinischen Justizirrtum sondergleichen.

Musen-Almanache an der schlummernden Hamm-Bruchsal vorbeigeschmuggelt, und prompt träumte sie von Mallarmés Livre. Inzwischen sei es Ihrer entfernten Kusine bereits möglich, an Krücken und in einem Abstand von fünf Metern an der Romantikerkulisse im delftblauen Zimmer vorbeizuhinken, freilich müsse sie hernach wie ein ermüdeter Kunstschütze lange ins Grüne starren, so lange, meint Arpagaus, bis sie die eingeblendeten Bücher im Boden vergraben habe. Anstelle des Tees zur Blankenburger Dämmerstunde kriege Dorotha Hamm-Bruchsal eine mit Sherry verfeinerte Buchstabenbouillon, die sie so heißhungrig löffle, als käme sie von einer Schlittede durch das Oderbruch, also von Hohen-Vietz. Es folge meistens, zumal wenn Zbären anwesend sei und sich eine Partagas zuschneide, eine lockere, fernab der Belletristik geführte Unterhaltung über die Eigenfarben der Vokale und Konsonanten. Sie verschweigen, daß Rimbaud das A schwarz gesehen hat, und votieren für Neapelgelb. Neapelgelb, fragt die Kukusine ungläubig, sie denke eher an Lila, und Zbären, natürlich er, der

Cigarromane, beharrt auf Clarobraun. Als man Rimbauds ABC-Fibel entdeckte, fand man eine bunt kolorierte Erklärung für seine Farbskala. Dessen ungeachtet wollen Sie das E rostrot haben und das G grün. Jaja grün, pflichtet die Hamm-Bruchsal bei, Druckergrün, Druckergrün.

Nun, Herrin von Blankenburg, Sie haben den Trick den kontraindizierten Ärzten abgeguckt, Sie werben mit einem Patienten, dem es ein klein wenig besser geht als uns, den größeren Heeren. Das ist fast so charmant wie der Blind-Grimm. Mir war noch vor kurzem, als würden in allen Bibliotheken, Lehrsälen, Wohnstuben und Studentenmansarden mit einem Urknall sämtliche Bücher über mir zugeschlagen, alle Fenster zur Welt, und es stünde ein Atompilz von Schmökerstaub gegen den Himmel. So wie Sartres Großvater die Bücher beim Öffnen wie einen Schuh krachen ließ, so knallten sie zu, piff paff puff, und du bist draußen. Perdauz, ausgemustert. Nun quartieren Sie die Hamm-Bruchsal ein als Pilotpatientin und schreiben mir, das heißt der Spetterin zuhanden meiner, Loontien habe der bibliophoben Kukusine heimlich einen warmen Ziegelstein unters Kopfkissen gelegt, einen lakritzenschwarzen Lederband der Großherzog Wilhelm Ernst-Ausgabe von Schopenhauers Werken, Parerga und Paralipomena, Insel Verlag 1910, mit dem Buchzeichen an jener Stelle, wo der Großpessimist die Kunst, nicht zu lesen, preist. Man hoffe, daß sich Schopenhauers Systematik des Nichtlesens über das Leinenbändchen, das sie im Schlaf zum Niesen bringe, auf die Hamm-Bruchsal übertrage; ein ungeheuerli-

ches, aber nicht anonymes Pasquill, Hochgebirgsgrä-
fin, da schreibt doch Schopenhauer, um das Gute zu
lesen, sei eine Bedingung, daß man das Schlechte nicht
lese, denn das Leben sei kurz, Zeit und Kräfte beschränkt, und wenn man dies einmal begriffen habe,
falle es einem um so leichter, auch auf das Gute zu
verzichten; es sei in der Literatur nicht anders als im
Leben, wohin man sich auch wende, treffe man sogleich auf den inkorrigiblen Pöbel der Menschheit,
welcher überall legionenweise vorhanden sei und alles
beschmutze wie die Fliegen im Sommer; daher die
Unzahl schlechter guter oder guter schlechter Bücher,
von denen schon binnen zehn Jahren keines mehr am
Leben sein werde. Wenn es gelinge, diese Philosophie
der Hamm-Bruchsal im Schlaf einzuträufeln, wolle sie
erwachend um alles in der Welt nichtlesen, was wenigstens ein Akt des freien Willens sei, im Gegensatz zum
Leselos des Leselosen.

V

Dies ist das Schauerhammer-Papier, ein Privat-Druck als Unikat zuhanden der Schloßbibliothek. Es überfällt mich aus heiterem Himmel, ist urplötzlich in mir und um mich, das Mordmuttergrauen, ich stehe und stutze, gelöchert, jaja, es hat dich, kein Zweifel, ich ziehe mich sofort, instinktiv, aus allen Lebensverrichtungen zurück, krebse ins Bett, meine Doppelarche, reiße das Telefonkabel heraus, als ob dadurch zu verhindern wäre, daß es mich erreicht und ereilt hat aus dem Hinterhalt, mit rauchgesponnenen Ringfingern zieht es mich hinunter durch die Roßhaarmatratze, durch die Sprungfedereinlage, durch den unversiegelten Lindenriemenboden des Kärchels von Schruns, durch den Bannwald nach Grächen, durch die Schlucht des violett getünchten Vestibüls, die sogenannte Binnenviamala meines Vaterhauses in Menzenmang, dieses leerstehende Trauermuseum meiner Kindheit, und ich lasse mich fallen durch den Kohlen-, den Wein-, den Gemüsekeller, durch das Souterrain der Waschküche in die Fundamente der überkant aufragenden Fabrikantenvilla, dort, denkt man, in den Zahnwurzeln geht es nicht mehr weiter, doch es spült mich durch die Abwässermetro von Wien hinaus auf den Friedhof, durch das Labyrinth der Gräber in die Familiengruft, durch die Marmorplatten der Alarmzelle in eine Blutkapelle unter Tag, durch die Fliesen in die Krypta, durch die Krypta in den Abteufschacht, der wie die Richterskala nach oben unbegrenzt offen ist nach unten, geozentrisch;

abgrundtief genug für Katastrophen unbegrenzten Ausmaßes, so wie ich als Frühkind manchmal vom Pavor wachgeschreckt wurde, das weißlackierte, mit einem Drahtverhau umzäunte, mit Haken, Fallen und Ösen verzierte, als Zwangsliege ausgestattete Schlafgitter sause unter mir davon, der Schüttelfrost, das Nebnetgrausen diktierte ein Menetekel an die Wand, das nicht zu entziffern war, Nachtpfauenaugen oder Lippenblütler oder Knickerbockerkaros, immer scheiterte ich als Jungfreak an diesen Hieroglyphen, doch hinter der mäandrischen Tapisserie versteckten sich die Glasscheibenhunde und Schleichsohlenmuhmen, welche die Finsternis des Kinderzimmers zum Knacken brachten, bald war sie undurchdringlich wie ein Tintenfischgebräu, bald ein Faradayscher Käfig, die Angst hockte im Nachtkästchen, kauerte im Schrank, klirrte hinter der Spiegelkommode, huschte als Elmsfeuer durch den Park, wo mein geträumtes Bett stand, in einem Kinderheimsaal der Nachtnatur, mit einem Schrei die Himmelstapete aufschlitzen, dachte ich immer, und du weißt, daß alles nur eine Chimäre ist; dennoch konnte ich nicht zurückklettern in die Welt meiner Spielsachen, zurück zum Meccano-Kasten, zu den Ankerbausteinen, zum Kleinen Alchimisten, zu den trommelnden und füsselnden Uhrwerkpavianen, zu den Bleisoldaten, nie mehr in mein Märklinreich mit der künstlich gealterten Drehscheibe und dem blechgestanzten Lokschuppen;

es ist, zur Stunde des Wolfs, eine umfassende Maul-
und Klauenseuche, das Schlafzimmer, die unterirdische Werkstatt meiner Organe, insonderheit der Galle,
erstarrt in einer Herbstgfrörni und füllt sich lautlos mit
grauen Moschusochsen, die aus den Nüstern dampfen,
Schwingsiebsausen, Nachtmahr, der keinen Tag mehr
durchdämmern läßt, eine sandgestampfte Ödenei tut
sich auf, Loch Nebnet, wir werden verbracht und
verschleppt in dieses Gelände ohne Horizont, können
uns nicht wehren gegen die Deportation aus dem Licht
in das opake Nebelgrauen, in die Farbe der Not, wir
wälzen uns wandwärts, pultwärts, wandwärts unter
dem Galgen des Gebälks, drehen uns in die Bauchlage
und sehen im Kissendunkel die letzte Nachricht erlö-
schen, Mene, Mene, Tekel, U-pharsin, deine Tage
werden von nun an nicht mehr gezählt, du bist nur
Spreu, die der Wind zerstreut, und wäre da noch ein
Reich, es würde in tausend Stücke zerteilt;

sagt wegflammend die Schrift, bevor sich Alpha-Beta-
Gamma-Delta auflösen zu einem Albabeth der Leere,
Gegen-Runen, Gegen-Sanskrit, nicht das Schweigen als
Schatten der Rede, nicht einmal das Verstummen der
gequälten Kreatur, ein klammheimlicher Selbstmord
der Laute, der labialen, dentalen und gutturalen, ein
Absaufen ins Chthonische, Ungeschiedene, am Boden,
auf tiefstem Grund der Mund, das inwendig laute
Denken erstickt, den Aspirata bleibt die Luft weg,
Diphtonge verkommen zum Absinn, Zischlaute hinterlassen Zornnarben, und die Grippe der Nasale, in
der Tat, ergriffen, aber vom Erebos der Zeichen, die
als Schemen durch den Nebel huschen, Gräte von

110

Ädemen im Schwefelpfuhl; wenn wirklich die Poesie die Muttersprache des Menschengeschlechts sein sollte, die Dichtung älter als die Umgangssprache, so wie der Gartenbau dem Acker, die Malerei der Schrift, der Gesang der Deklination, das Gleichnis dem Schluß, der Tausch dem Handel voranging, stoßen wir hier im Loch Nebnet auf die orphischen Skelette der Blindenhieroglyphen, auf die Wassermütter des Alphabets, es werde finster, und es ward finster, ein grausiges Mampfen und Schmatzen verflüssigter Liliths, welche unser Schaf-, unser Eulenherz verspeisen, ein Glosen von bronzenen Gorgosspiegeln, die Balinesische Rangda beint gestohlene Säuglinge aus wie Froschschenkel und wirft die Knöchelchen der Erdgöttin Coatlicue vor, und an der ledernen Zunge der Kali mit dem Furienrad kleben die Hodensäcke, es suppt und brodelt und knirscht um unsere geborstene Arche, Os-Os-Os, ein Orakel nach unten gebrabbelt, und in dumpfem Gleichschritt mengen wir uns unter die größeren Heere;

früher der Traum, ich kehre aus der Deutschen Demokratischen Republik im härtesten Beinwinter nach Menzenmang zurück, die Zwingstraße, die an der nördlichen Parkmauer vorbeiführt, unser alter Schlittelweg ist zu einer Bobbahn mit hoch gezogenen Kurven vereist, Start in meinem Heimatort Burg auf achthundert Metern, ich, Schauerhammer, sonst an der Bremse, sitze an den Steuerseilen, er, Hoppe, der ausgebildete Pilot, schiebt an, Hoppe-Schauerhammer, ein unschlagbares Paar, zumal mit den hydraulischen Kufen, wir gleiten wie auf Schienen durch das

Kleine Labyrinth, schießen halbhoch in die Aletsch-
kehre, vierfacher Erddruck, raus ohne Touche, es folgt
der Kreisel von Igls, hierherverirrt, warum, weiß ich
nicht, die Sonnensegel, eine Raupenbahn, halsbreche-
risch, doch heil ins Große Labyrinth, prima, seconda,
terza, geschafft, nun die gefürchtete Curva Bianca, der
letzte Zentrifugalkollaps, runter mit der Büchse und
rein in die Straight auf dem Cresta Run von St. Moritz, die Ziegelgerade am Elternhaus vorbei, Hoppe
krallt sich in meinen Rücken, ein urweltlicher Schild-
krötenpanzer, und da, knapp vor der Gartenmauer,
passiert es, ein völlig unerklärlicher Kipper im schnur-
geraden Kanal, Eismehlorkan, es hebt uns über die
Bancina, knapp vor den gekreuzten Zielflaggen, Haube nach unten, und wir knallen bei vollem Bewußtsein in die Mörtelwand, zerschellen an der leichtesten
Stelle, so scheint mir, am Elternhaus:

Hoppe mausetot, Schauerhammer schwebt als
Scheinleiche über der Unfallstelle und registriert das
Ausbleiben der Ambulanz, auch in der Villa rührt sich
nichts, die zerfetzten Seile baumeln an meinen Füßen,
wie denn, habe ich mit den Beinen gesteuert, es darf
nicht wahr sein, doch nicht einen Siorpaes aus Cortina
d'Ampezzo, alles war verkehrt, der bewährte Pilot an
der Bremse, die gar nie zum Einsatz kommt, den
Feierabend vielleicht, aber nicht mehr den Podar und
schon gar nicht den phallischen Siorpaes, geostet wie
in einem Sarg mit Fußlenkung, eine veritable Sturzge-
burt, und ich bin dazu verurteilt, als Schauerhammer
meine Katastrophe zu überleben in einer unendlich
multiplizierbaren Teilinvalidität, ein Startkrüppel, nie

mehr Sunny-Horse-Shoe-Devils Dyke in St. Moritz, nie mehr die Bandion, Antelao und Cristallo in Cortina, nie mehr die Lago Blu-Piste von Cervinia, den Zigzag in Lake Placid, diese Eiswände sauber fahren hieß für mich das Leben meistern, prinzipiell, so der Traum;

und mein Vater, der erfolgreiche Versicherungsinspektor, der seine Kunden mit dem Satz für die Rentenanstalt gewann, gesetzt den Fall, Sie müßten morgen gehen, tritt nun aus dem Haus unter die Tannen, wo meine Kinderheimhexen lauerten, tritt aus dem Nadeldunkel meiner Feuertuch-Jordibeth in den Hostet und schüttelt lachend den Kopf, keine Assekuranz für dieses Risiko, keine noch so spitz kalkulierende Gesellschaft läßt sich auf einen Schauerhammer ein, keine Doppelauszahlung im Todesfall, weil du ja, wenn auch verstümmelt, fortexistierst, keine Vollkaskodeckung, da höhere Gewalt, auch keine Invalidenrente, weil das Kleingedruckte Heimschäden ausschließt, du bist, versicherungsrechtlich, eine Grenzfall-Injurie, was, schreie ich und erwache, mein Vater, der Spezialist für alle Fälle, jedermann wappnend für die Unbilden aller vier Elemente, kann seinen Sohn nicht versichern;

jeden Dahergelaufenen, aber nicht sein Fleisch und Blut, so hadert und feilscht es im Keller meines Löchersiebs, so pfählt sich die Wut nach innen, frißt sich der Schmand herzabwärts, das Kärchel eine hölzerne Familiengruft, doch keine Gaußschen Lampen signalisieren die Pulsregungen des Scheintoten, keine Alarmglocke schrillt im Tabernakel, keine Sirene heult über

Schruns-Grächen, kurz, Schauerhammer, womit sollte ich SOS morsen, wenn ich die Zielflaggen verpaßt habe, save our ship und our souls, verpaßt ganz lapidar durch einen Rettifilio-finale-Kipper in der Home-straight, zwar international mein Sturz-Festival, durchaus polykatastrophal, doch es gebricht mir an den elementarsten Jaullauten der Kreatur, Zeichen setzen, wasfürwelche, wenn das Wort für Sinnbild, Merkmal mit der indogermanischen Wurzel von zeihen kollaboriert, und zeihen, man weiß es, althochdeutsch zihan, heißt be- und anschuldigen, wen wessen zeihen, lautet Schauerhammers Kernfrage, wo findet sich der Akkusativ, Anklagefall, und Genitiv, Verurteilungsfall, zu Nebnet, da sich die Schreie nach innen und unten leben;

Nebnet, die totale Introversion des Nicht-mehr-Aushaltbaren, wobei Selbstmord, dies beruhigt leider die Ärzte, wo es doch darum ginge, sie in den höchsten Alarmzustand zu versetzen, nicht, oder besser, nicht mehr in Frage kommt, Guillon – Le Bonniec, Gebrauchsanleitung zu demselben, empfehlen dies und jenes, ein stilles Hotelzimmer und eine Tafel Bitte nicht stören in den nächsten vierundzwanzig Stunden, das Gespann gibt sich die rührendste Mühe, die Pannenanfälligkeit des Unternehmens zu erläutern, die Reaktion auf Gifte variiert von einem Kandidaten zum andern so stark, daß die Ausnahme fast zur Regel wird, studiert man ihre Methodologie, könnte man fast von den Gebrüdern Grimm der Suizidaltechnik sprechen, wer wirklich zu sterben wünsche, verliere keine Zeit und schütze sich vor der unerwünschten Wiederbelebung, Haltbarkeit des Produkts überprüfen, Verpackungsmaterial beseitigen, keine Spuren hinterlassen, Immencoctal, sechzig bis achtzig Tabletten zu hundert Miligramm, schnelle Wirkung, drei bis vier Stunden, freilich im deutschen Handel nicht erhältlich, ein Haken ist immer dabei, was das Morphium und seine Derivate betrifft, verursacht die letale Dosis eine starke Atemlähmung und führt zum Tod durch Atemlähmung und Anoxämie, doch Personen, die regelmäßig Heroin nehmen, also wieder nichts, Insulin verursacht Hypoglykämie, Tod durch Koma, die Tiefe variiert, aber im Fall des Mißlingens sind schwere Gehirnschädigungen zu gewärtigen, beim Schierling, also einer Natursterbemethode, kommt es auf den Zeitpunkt der Ernte und die Art der Trocknung an, Zyankali ist zu literarisch, Strychnin und Barbiturate heben sich gegenseitig auf, Ludiomil, zweihundert Ampullen wirken krampfauslösend, was weiter, Dolosal, tödliche Dosis hundertfünfzig Gramm, kann Erbrechen hervorrufen, müßte also mit Antihistaminen kombiniert werden, dann doch lieber toxische Substanzen wie Nikotin, doch die Vergiftung wird als brutal und schmerzhaft geschildert;

dieses ganze Arsenal, tränenrührend in seiner Vollständigkeit, kann uns, Schauerhammer, die größeren Heere, nur lächern, einschließlich der Versicherung, daß noch nie ein Selbstmörder-Testament wegen geistiger Unzurechnungsfähigkeit für ungültig erklärt worden sei, weil nämlich der Schritt, auf den es ankäme, außerhalb unser bereits vollzogen ist, andersherumgedreht, weil Nebnet die zum Freitod notwen-

dige Souveränität tilgt, die Suizidal-Grimms erzählen
von einem Arzt in Lyon, der einer zum Äußersten
entschlossenen Patientin mit reicher Selbstmordver-
gangenheit das gewünschte Rezept ausstellt und ihr
versichert, diese Dosis wirke schnell und absolut; drei
Wochen später taucht das Mädchen wieder auf und
dankt dem Arzt für sein Verständnis, was ist passiert,
indem der Psychiater die Schuld auf sich geladen
hatte, seiner Schutzbefohlenen den Tod legal zu verschreiben, hatte er ihr die Freiheit genommen, sich
umzubringen, in etwa so, aber mit umgekehrten Vorzeichen, wirkt Nebnet;

denn behaupten zu wollen, das Grauen von Loch
Nebnet sei ein heilpraktischer Schutz davor, sich selber zu richten, wäre euphemistisch gleicherweise wie
eine Blasphemie, als Objekt für einen vorsätzlichen
Mord, gesetzt den Fall, es liefe einer frei herum, dem
es weder am Alibi noch an der Tatwaffe noch am
Motiv, sondern für einmal am Opfer gebräche, würde
Schauerhammer sich stante pede zur Verfügung stellen, Tötung auf Verlangen, meurtre sur la demande de
la victime, sofort, wobei man nach dem Schweizerischen Strafgesetzbuch, Paragraf 511, nicht rechtswirksam auf das Leben verzichten kann, Gesetz und Natur,
ausnahmsweise kooperativ, sind dagegen, doch suchen
Sie, wenn jeder Funke zu einer Tat, zu einem Wort
erloschen ist, diesen gewissermaßen idealistischen, der
Euthanasie nahe stehenden Verbrecher, und wenn er
zu finden wäre – das Opfer jagt seinen Mörder –, wie
wollten Sie dem Gericht, abgesehen davon, daß Sie als
geglückte Leiche nicht mehr an der Verhandlung teil-

nehmen könnten, glaubhaft machen, daß Sie die Strafe, Artikel 111 folgende, für ihn, den Täter, schon längst abgelitten haben, wie denn, Donner und Doria;

nicht rechtswirksam, aber um so rechtskräftiger, was die Gesundheit betrifft, auf alles im Leben verzichten, indem wir schauerhammerlich gestaucht da unten liegen, aus Abschied und Traktanden gefallen, bar jeglicher Lust worauf auch immer, schlafen mit chemischer Beihilfe, aber ohne die Augen zu schließen, verhungern im Überfluß an Viktualien, ein Gegen-Viktualien-Markt, eine Austernvergiftung holen und den Schwur tun, nie wieder Austern, wäre geradezu ein Mittel zum Leben, eine Delikatesse an Vitalität, das Denken, soweit es der synaptische Spalt noch erlaubt, kreist um das eine und einzige, Nebnet, Nebnet, Nebnet, niemandem, auch sich selber nicht, trotz alles einwärtsgestachelten Hasses, wünscht man den Tod als Perpetuum mobile, Leiden in Viererkolonne, denn sie schreiten mitten durch uns hindurch, die größeren Heere, diese unter Chinas Erdoberfläche zum Vorschein gekommenen Kriegermumien:

und morgen, sagen die Ärzte, die wir längst nicht mehr konsultieren, wir zitieren sie nur noch, kann der Tunnel zu Ende sein, Tunnel, nennen sie das, in Anlehnung an das von ihnen ertunnelte Krankengut, morgen, sagen sie ohne Zynismus, denn sie haben wahrscheinlich recht, nur werden unsere Tage, wie das Menetekel verheißt, nicht mehr gezählt, es lohnt sich nicht, das numerische Prinzip zu bemühen, dahinschauerhammern ist das Erdauern des Immerwährenden, was schert uns ein Kalender, dem die Blätter ausfallen, Gips, eine gipserne Walhalla ohne jede Stukkatur, der man sich entlangfädeln könnte zum Ausgang des Labyrinths von erblindeten Spiegeln;

wäre da ein Ariadnefaden, wir hätten ihn längst in uns hineingehaspelt, wir Selbstverzehrer, Revenants der Vernichtung, Hufeland, Der Scheintod oder Sammlung der wichtigsten Thatsachen und Bemerkungen, erwähnt die Tobaks-Klystir-Maschine zur Herstellung des Atemholens, sie besteht aus einer messingenen Büchse, die mittels einer Röhre mit einem Blasbalg verbunden ist, das andere, gut geölte Ende wird in den Mastdarm des Verunglückten gestoßen, ein analer Applikator sozusagen, man zündet den Tabak an, setzt den Balg in Bewegung und pumpt den Dampf in den erstarrten Körper, eine, wie ich meine, sensationelle Wiederbelebungsmethode, das Afterrauchen, weiß man doch um die stimulierende Kraft der Nicotiana, um das Pneuma des blauen Dunstes;

eine Pfeife, man könnte das Prinzip auf die Zigarre ausdehnen, aber rektal genossen, über die Hintertreppe ins Leben zurück, das wäre die Kunst, der Trick des Arztes von Lyon, Placebozäpfchen sind besser als Placebotabletten, denn wenn uns alle Erquikkungen versagt bleiben, sogar die trockene Trunkenheit, und wenn wir bedenken, daß dem zum Tode Verurteilten vor der Exekution zumindest zwei Dinge gewährt werden, eine letzte Zigarette oder ein Stoßgebet, können wir ermessen, wie es um den Gewohnheitsraucher bestellt ist, der nicht einmal mehr nach einer Havanna verlangt, bekanntlich geht das Aroma zum Teufel, wenn man im Dunkeln oder mit geschlos-

118

senen Augen nebelt, kein Blinder wäre imstande, eine Sumatra von einer Brasil zu unterscheiden, ist der Gesichtssinn zerstört, veröden die Geschmackszellen, fällt das Gehör aus, leidet die Taktibilität, wie eine Njet-njet-njet-Stafette wandert die Kapitulation von Organ zu Organ;

wir nächten und nichten und nebnen, nur ein Sinn bleibt intakt, der sechste, für das synaptische Grauen, das Abserbeln, wir nehmen schärfstens wahr, was mit uns geschieht, als Schauerhammer schweben wir über der Schädelstätte, indem wir alles entbehren, entgeht uns nichts, darin besteht die unsägliche Tierquälerei, die ontische Sodomie, der Laplacesche Dämon beharrt auf der Fortsetzung der Lektüre unser als eines zugrunde verwirrten Runensystems, und die Wassermütter thronen über ihrem endlosen Sumpf, Gorgoschmatzen, Kalischlürfen, Rangdaknirschen, Coatlicuegorpsen;

hinab, hinab mit dem Sog eines abzeittiefen Mundlochs zieht es die größeren Heere, hinweg, hinweg von der verwrackten Arche im Kärchel die Unsrigen, einen infernalischen Magnetberg scheinen sie zu fliehen, denn mit der Wasenmeisterfrage, wie geht es, erflehen sie nur eines, krepier endlich und laß uns in Ruhe, bestenfalls verwese oder genese, aber höre auf, den lautlosen Schrei nach Hilfe überzwerch darniederliegend zu verkörpern, niemand erträgt ihn auf Dauer, diesen Zwitterzustand, da es sich nach unten lebt und nicht zum Guten noch zum Schlechten wendet, niemand, also auch wir nicht, immerhin, ne-uter, keines von beiden, weder männlich noch weiblich, weder tödlich noch leblich, die immune Neutralität der Not, impraktikabel, weil niemand rechtswirksam auf das Dasein verzichten kann, sie deponieren den Giftmüll ihrer Ratlosigkeit an meiner Bettkante, das ist alles;

darum, weil die Rechtsprechung älter ist als das Gesetz, die Exegese älter als die Heilige Schrift, die Deutung älter als die Dichtung, die Poesie älter als die Rohfassung der Welt, die Fremdsprache älter als die Muttersprache, das Licht älter als die Finsternis, somit die Krankheit älter als die Gesundheit, letztere nur ein Gaunerdialekt, weil am Anfang nicht das Wort sondern der Satzbau war, der Turmbau zu Babel zwar in die Höhe, aber die Chinesische Mauer der Grammatik in die Tiefe wuchs, weil die Sprache nicht aus der Essenz, sondern die Essenz aus der Sprache urständet und die Signatur sich ihre Wesen gebar, ein jeder Mund sein Ding zur Offenbarung hatte – darum will ich von Nebnet, meinem Abgrundmanifest, Schauerhammer-Papier geheißen werden, um so vielleicht, als Unikat, in die Schloßbibliothek einzuziehen.

VI

Liebe Blanca Franziska Fernanda von Blankenburg, Frauke und auch Frau Menscha geheißen von den Allernächsten, schriftadelige Liseuse und Gebirgsgräfin, Fürstin von Fürstenfeldt, liebe Schrunsa und Schauerhämmine, alle Namen zusammen reichen nicht aus, um meine Freude darüber auszudrücken, daß Ihre Briefe immer länger, meine immer kürzer werden, wir scheinen uns, was den epistolographischen Dialog betrifft, der Tag-und-Nacht-Gleiche anzunähern; fast mit einer Bicicletta, also einem in der Arche sehr schwer auszuführenden Fallrückzieher, habe ich heute die Grosche ins Nebenbett bugsiert, als sie, die Adresse durch das ganze Haus posaunend, mit dem königlichen Lombardiabüttenpapier winkte – oder ist es Moiré, nein nein, Lombardiabütte –, und wir wälzten uns stumm auf der Grimmdecke, bis die Spetterin dann endlich harthölzern dodekaedrisch deklamierte, ich ihr nachsprach, Satz für Satz, der Himmel am Boden im Simmental, soviel Neuschnee, ein Jahrhundertwinter, wie Schatzschreine lugten die reich beschnitzten Zimmermannswerke – Bauernhäuser nur im Nebenberuf – unter ihren Dachpelzen hervor, deutlicher als je die gemalten und ausgegründeten Gadensprüche, diese Dokumente des Volksgeistes, so welle Got sin Gnad und Sägen wol über dises Hus dun gäben, Bäume seien unter ihrer Last auf die Straße gestürzt in der Weißenburger Schlucht, in Zwäz werde die Mont-Cenis-Schleuder eingesetzt, um den Schienenweg freizufegen, mannshohe Schneuzmahden, und die Kirche von Erlenbach auf dem Pfrundhubel sinke immer tiefer ins Mittelalter zurück, je weißer, schreiben Sie, das Tal, desto leuchtender die Fresken, die ja, was mich besonders freuen werde, für die Leselosen jener Zeit geschaffen worden seien, welche die Bibel nicht anders als über die Bildteppiche entziffern konnten, Pictura et ornamenta in ecclesia sunt laicorum lectiones et scripturae, Malerei und Ornament im Gotteshaus sind des Laienvolkes Belehrung und Schrift.

Stellen Sie sich, lautet Ihr letzter Satz, mein Schloßgut zu Ende vor, dann kommen Sie! Wie tänzerisch sich das lesen ließe im Dreivierteltakt! Ihr Brief hängt nun zum Trocknen am Rähm. Sand streuen aus dem unerschöpflichen Vorrat meiner Wüste, dann an den Lindenbalken genagelt, so daß ich sämtliche Fassungen Ihrer Zuneigung – der uns zugeneigte Leser müßte es heißen – über mir habe. Stoße ich die Kopfluke auf, lasse ich die Bise ihres Amtes walten, huscht ein feines Stanniolgeknitter durch das Kärchel. Ich habe übrigens längst aufgehört, die Tage meiner Haft in den Galgenpfosten zu kerben, zum einen weil sie nicht mehr zählbar sind, zum andern, weil ich am Ende noch als Erfinder der Rautenkolumnentechnik dagestanden wäre, als Schnitzmeister der Nebnetschande, vergleichen Sie hiezu die Horizontalleistungen der Simmentaler Zimmerleute, die Würfelfriese, Halbbatzen- und Karniesbänder.

122

Blankenburg im Hochwinter, das ist nicht nur Paduren, Radensleben und Stechlin, sondern erinnert auch an das Herrenhaus von Tramnitz mit seinen urweltlichen Linden und seiner Mausoleumseinsamkeit, wendet man sich der Spillgerten- oder Felsfassade des Nordosttraktes zu, denkt man unweigerlich an Steinort in Ostpreußen, an dieses vom immensen Walmdach tief in den Grund gestauchte Adelsgemäuer der Lehndorffs, in dem es nach Leder, Jagd und Hunden riecht, die Hoffront mit der Rampe samt Aloekübeln und den leicht vorspringenden Seitenflügeln dürfte, wenn auch in verkleinertem Maßstab, Schlobitten nachempfunden sein, während wir uns auf der Parkseite für Finckenstein, eine der großartigsten Schloßanlagen des deutschen Ostens, oder aber den Palazzo Salis in Bondo zu entscheiden hätten, zutreffend der feinen Quaderlisenen wegen, hinsichtlich der Terrasse mit den Toggenbalustern und der rotweißen Markise freilich ganz Stechlin, nur die Ochsenaugen wären anderweitig unterzubringen, warum nicht das Obergeschoß der Casa Camuzzi in Montagnola als Leihgabe einbeziehen, hinzu käme dann noch die halb Grodey, halb Zwäz zugekehrte Westflanke, Hohenzieritz, Exleben oder Klein-Machnow, wir lassen es offen, alles in allem träfe man es mit Schloß Wossek, ehemals Böhmen, nicht schlecht, wenngleich man den mockigen Turm der Kirche Erlenbach überlassen müßte;

wie auch immer, der Simmentaler Schnee ist der beste Pastellithograph, er pudert die Lukarnen heraus, kontrastiert kristallin zum Alpakaweiß des Mörtels, dunkelt die Fensterläden nach, zieht das gekröpfte

Gurtgesimse aus, vernachlässigt nicht die gesprengten Stuckgiebelchen, widmet sich der Wappenkartusche über dem Portal, verpaßt den Maskarons einen Nasenstüber, erstickt zwar das Hofrundell und die Fontäne im Park, läßt dafür die von Steinort übernommene Allee um so glacier-chausseehafter erscheinen, und blickt man durch diesen Tunnel zurück, sieht man die Fenstertüren des Wintergartens, wo Sie – wie alle Jahre wieder im Jänner – im gleißenden Elfuhrlicht des vollverglasten Halbpavillons im glitzenden Park in der hibernalen Serenität der Blankenburger Zälg – hell, heller, am hellsten – Ihren Diener Loontien zum märkischen Charakterappell bestellen.

Loontien trägt zu Ehren Engelkes, aber nur für dieses Examen, die sandfarbene Livree mit den großen Knöpfen, und er schlarpt auf Ihr Klingeln so elegant herbei, als es die tiefe Prosa seiner Natur erlaubt. Sagen Sie, guter Loontien, wo kommen Sie eigentlich her? Meinen Gräfin nun das Buch oder die Landschaft, in der es angesiedelt ist, versetzt Loontien grienend und griemelnd, wie er es in der Berliner Diener- und Pagenschule gelernt hat. Ich meine, wo Sie geboren und entstanden sind. Geboren bin ich in Neuruppin, konzipiert worden, wie ein hinterlassenes Skizzenblatt beweist, an der Potsdamer Straße 134 c. Schön, nun sagen Sie mir, wie die nähere Umgebung des Stechlins heißt. Damals Menzer Forst, heute Menzer Heide. Die Buchtungen des Stechlinsees? Kreuzlanke, Blaue Kuh und Katz. Wie oft, und nun passen Sie gut auf, Loontien, wird Engelke, Ihr Vater und Lehrmeister, im zweiten und im dritten Kapitel des

Stechlins erwähnt? Geschildert wird das Diner zu
Ehren von Rex und Czako. Achtmal insgesamt, Gnädigste. Sie, liebe Blankenburga, wollten schon proper
sagen, müssen nun aber bemängeln, daß Ihr Diener
ausgerechnet jene Stelle vergessen hat, wo die Ex-
amensuniform ausdrücklich bis auf die Größe der
Knöpfe charakterisiert wird. Vor dem großen Eichen-
buffet im Eßzimmer stehend, bereit, den Fisch zu
reichen, wird Engelkes einmal zusammen mit Martin,
einmal seiner Livree wegen Erwähnung getan. Das
wäre die neunte Nennung. Nun, lenken Sie ein, es
spricht für Ihre Bescheidenheit, daß Sie gerade sich
selber, so wie Sie sich vor mir präsentieren, verschwit-
zen. Frage: was wird als Hauptgericht serviert? Los-
gelöste Krammetsvögelbrüste, mit dunkler Brühe
angerichtet, eine sozusagen höhere Form von Schwarz-
sauer. Ausgezeichnet, Loontien. Für welchen Likör ent-
scheidet sich der Hauptmann von Czako? Ich denke,
gnädige Frau, es dürfte Danziger Goldwasser gewesen
sein. Richtig, es war Danziger Goldwasser. Letzte
Frage: was für ein Wort braucht Gundermann nach den
ersten Zigarrenzügen? Breitestes Grienen Loontiens:
kapital.

Ich sehe schon, Loontien, Sie verdienen es durchaus, als Nachfolger des Stechliner Faktotums in unse-
ren Diensten zu stehen. Nur eine letzte Frage noch, die
nicht mehr zum Charakter-Appell gehört. Engelke war
ja Privatdozent honoris causa an der Berliner Diener-
Schule, die Monsieur Robert 1905 absolviert hat. Gab
es zu Ihrer Zeit, nach dem Ersten Weltkrieg, das
sagenumwobene Lehrbuch Was bezweckt die Kna-

benschule noch? In der Tat, Gräfin, auf Seite acht stand, wie der spätere Lakai auf Schloß Dambrau in Oberschlesien richtig berichtet: Das gute Betragen ist ein blühender Garten. Danke, Loontien, damit wäre die Prüfung für dieses Jahr beendet. Loontien deutet eine Verbeugung an und entschleicht auf leisen Sohlen. Aber erst, nachdem Sie ihn beauftragt haben, der zäh genesenden Brieffreundin Dorotha Hamm-Bruchsal auf ihrer Causeuse im grünen Kabinett das Tobold-Fragment zu servieren. Zbären hat ihr für diesen kaliglasgeschliffenen Januarmorgen jene Stelle über das Nichtlesen verschrieben, wo der Kastellan zum Diener sagt: Nicht lesen, Tobold, nicht lesen. Nur um Gottes willen nicht zu viel lesen. Das ist nicht gesund. Das schadet Ihnen, Tobold. Das macht arbeitsunfähig. Gehen Sie lieber schlafen. Schlaf ist gut. Schlafen ist wichtiger und besser als Lesen. Die vorsichtige Lektüre von Leseverboten bewährt sich im Rahmen der Verhaltenstherapie.

Letztes Jahr, wenn ich das noch beifügen darf, hochwinterliche Blanca von Blankenfeldt im weißen Satin-Overall, haben Sie Loontien gefragt, warum Fontane Stechlins Zigarrenmarke nicht erwähne, wo doch wenige Jahre später im Zauberberg die Maria Mancini auf das anmächeligste zelebriert werde. Armer Loontien, als Nikotinabstinent mußte er Ihnen die Antwort schuldig bleiben. Doch Immanuel Arpagaus, der in seinen sekretärfreien Stunden am zweiten Band der Studie Das förderliche Umfeld des Lesers arbeitet, sprang ein. Ihrem Schriftgelehrten dürfte es beliebt haben, in etwa folgendermaßen zu antworten: Bismarck erzählt, daß er bei Königgrätz nur noch eine einzige Zigarre in der Tasche hatte und sich bereits die wonnige Stunde ausmalte, da er sie in Siegesruhe rauchen würde. Da stieß er auf einen hilflos wimmernden Dragoner, der nach einer Erquickung lechzte. Bismarck konnte ihm nur seine Zigarre schenken, die er dem Verletzten angeraucht zwischen die Zähne steckte, um zu entdecken: So köstlich hat mir noch keine Zigarre geschmeckt wie diese, die ich – nicht rauchte. Was ich damit sagen will, Gnädigste: dem alten Stechlin ziemt es zwar, eine Hausmarke zu führen, warum nicht die Schlottermann aus Hamburg oder sogar die Partagas aus La Habana, aber dem jungen Woldemar steht es nicht zu, damit zu blagieren. Darum sagt er etwas erbschüchtern: Engelke, bring uns die kleine Kiste, du weißt schon. Klingt das hinter der Bescheidenheit nicht exklusiver als medaillenverzierte Namen? Schmeckt die anonyme Zigarre dem Leser nicht ebenso vortrefflich wie Bismarck die verschenkte? Man muß wissen, wann man auf das treffende Wort verzichten muß, zumal Dubslav, als er die Tafel aufhebt, Sehnsucht nach seiner Meerschaumpfeife und nicht nach einer Schlottermann hat. Das Cigarristische wird dem Charakter des Helden untergeordnet.

Arpagaus, Das förderliche Umfeld, hat in einem besonderen Kapitel die Stimulierung der Lektüre durch das Rauchen beschrieben. Man solle die Brenndauer einer mittleren Zigarre, also etwa einer Nummer drei von Montecristo, oder einer Pfeife, wobei nur die Marke Dunhill in Frage komme, als Zeitmaß für das

Lesen nehmen, immer beim Aufblicken aus dem Buch, das heiße ungefähr jede Minute einen Zug tun, womöglich Ringe formen und mit ihnen kurz dem Erbuchstäbelten nachhängen, das Tabakaroma werde mit der Würze des Romans, der Novelle, des Gedichts zu einer unerahnten Einheit verschmelzen. Die Zigarette als Katalysator zum Verständnis von Aphorismen lehnt Ihr Privatsekretär ab, weil die Schwelprodukte des Glimmstengels vornehmlich sauer sind, im Gegensatz zu den heterozyklischen Basen des Zigarrenrauches.

Ferner hat Arpagaus herausgefunden, daß das Rauchverbot in den ohnehin wenig ermunternden Lesesälen der Bibliotheken daran schuld sei, daß nur etwa ein Drittel der in den Büchersilos und Katakomben gespeicherten Weisheit in den Köpfen umgesetzt werde. Er schlägt die Unterteilung in Raucher- und Nichtraucher-Kojen vor, wobei freilich auch zwischen einer Raucher- und einer Nichtraucherliteratur zu unterscheiden sei. Werke wie Der Stechlin und Der Zauberberg gehörten zur ersten Kategorie. Die Indios schrieben ihren Krautrollen göttliche Wirkung zu, die Azteken hatten sogar einen Gott des Tabaks namens Tezcatlipoca. Die Medizinmänner schluckten, um sich in Trance zu versetzen, Nikotinpillen, und die Rothäute seien durch das Medium des Kalumets mit ihren Gottheiten in Verbindung getreten.

Ihre Durchraucht, Gräfin, nennt Sie Arpagaus manchmal, obwohl Sie nur passiv am blauen Dunst teilhaben, aber sie dulden die damenfeindliche Havanna nicht nur im Fumoir mit den Pyjamatapeten aus

Brokatgold und Altrosa, nicht nur im spillgertenwärts gelegenen Billardzimmer, nein, wo immer in Schloß Blankenburg gelesen wird, selbst in den Alkoven der Schlafräume, Loontien versteht sich bestens auf das Auslüften verqualmter Nischen – nichts erinnert uns so an die Vergänglichkeit wie abgestandener Rauch – und das Beseitigen von Zigarrenkadavern. Noch, so Arpagaus, seien die Einflüsse des Tabaks auf die Empfangsantennen von Zunge, Nase und Tastsinn wenig erforscht, doch es scheine festzustehen, daß der Geschmacksakkord mit der Vorstellungskraft und den Bildern im Unbewußten gewissermaßen kartelliere, so entstünde die einzigartige Mischung von Besänftigung und Anregung, Ablenkung und Konzentration, deren der Leser bedürfe. Das Nikotin wirke in erster Linie auf das vegetative Nervensystem, die Folge sei eine gesteigerte Darmtätigkeit, man solle in diesem Zusammenhang an das geflügelte Wort denken: Plenus venter non studet libenter, und man sehe wohl ein, weshalb geistig und geistlich Tätige dem sanften Zauber des Paffens so leicht erlägen. Dem schrulligen Sonderling in seiner Mansarde schenke der blaue Dunst Wärme und Geborgenheit, er fördere aber auch die Geselligkeit, mithin die Zwiesprache zwischen Buch und Mensch. Von Christoph Friederich Wedekind, 1709 bis 1777, stammen die Verse: Edler Knaster, Kraut des Lebens,/ Mein Studieren wär vergebens,/ Wenn mir deine Balsamskraft/ Und dein hippokratscher Saft/ Nicht durch Nerv' und Adern drünge/ Und das wilde Fleisch bezwünge./ Ohne deinen Wohlgeruch/ Schmeckt mir weder Schrift noch Buch. So Wedekind, so Arpagaus.

Eduard Maria Schranka, was freilich nur das Raucherpseudonym von Egon Kail sei, habe die Blätter der Zigarre mit den Seiten eines Buches verglichen, Einlage, Umblatt, Deckblatt analog zu Lederband, Frontispiz und Falzbogenblock. Ferner sei an Heinrich Wilhelm von Gerstenberg zu erinnern, Nordostflügel, Steinort-, Gräberfensterfassade: In wie viele Geheimnisse dringt ein Verstand, vom Tabak verklärt, die vor den ungeweihten Blicken der Verächter mit ewigen Riegeln verschlossen sind. Lachend reicht mir die Muse die entzündete Pfeife. Erwartungsvoll sitz ich da und trinke mit langsamen Zügen den labenden Rauch, und schon fühl ich den nahen Gott. Alle die schwarzen Schuppen, die der Menschheit blödsichtiges Auge verfinstern, fallen mir von den Augenlidern herunter, und neue Weiten – unerforschte Wunder – enthüllen sich mir, wie aus dichtem Nebel Hügel und Königsstädte heraufsteigen, wenn Titans Strahlen den Dunstkreis durchbohren. Gerstenberg, so Arpagaus, sei der eigentliche Vater des Tabaklesens, Telesphorus nenne er den Gott der Nicotiana, der wie ein zweiter Jupiter auf einer Rauchwolke sitze und die demütigen Opfer aus ungezählten Pfeifen entgegennehme, sich nebulativ huldigen lasse.

Liebe Frau Menscha, oberste Legistin, so liegt Blankenburg in einer zwiefachen Aura, im Firnerglanz der Schneeummantelung, noch heimeliger im Gestöber eines Sturms, und im Dunst der Virginia-, Kentucky-, Vorstenlanden- und Bahia-Würze. Molière sagt, wer ohne Tabak liest, ist seines Buches nicht würdig; Arpagaus fügt hinzu: Nichtraucher leben länger, aber sie lesen kürzer. Das Flockenweiß verdeutlicht die Spuren der Schrift, das Aroma läßt die Bilder seelenklar emporduften, hinzu kommt die Kälte draußen, die Wärme innen, je größer der Gegensatz zwischen Außentemperatur und Rauch-Thermik, desto günstiger sind die Aussichten, daß die Diathermie auch beim Leselosen anschlägt. Bahnt sich eine Naturkatastrophe an, greife man zum kleinstmöglichen Format seiner Bibliothek, um sich in dem Schartekelchen einzunisten, Duodezschutz suchend vor dem Hagelsturm.

Ein kristallwinterlicher Lesetag in Blankenburg, schöne Fürstin von Fürstenfeldt, wäre nicht denkbar ohne den Knaster von Arpagaus, ohne die Zigarillos der Hamm-Bruchsal, ohne die Havannaschlieren Zbärens, der oft, wenn es der Stand seines Krankengutes erlaubt, von Zwäz heraufkommt, um in seiner Quetsche neben der Küche ein wenig zu werkeln. Ihr Talschaftsmedicus ist nicht nur ein braun gelederter Landarzt und Bergsteiger, sondern auch ein klandestiner Bibliomane, was bei ihm ins Handwerkliche, Buchbinderische ausschlug. Gern beruft er sich auf seine berühmten Vorgänger, auf den Polarforscher Amundsen, auf den englischen Physiker Faraday, auf den Papyruskonservator Ibscher, auf den Orgelbauer Silbermann, der die ersten Hammerklaviere konstruierte, sie alle haben das Holländern, Kollationieren und Zwirnen nebenbei beherrscht. Im alten Office behandelt er die Schloßremittenden, als wären es alteingesessene Patienten bezüglich seiner Praxis.

Was der Post die Päckliklinik, ist Schloß Blankenburg Zbärens Quetsche, er versteht es, matte Goldschnitte mit dem Achatstein scharfzuglätten und auf Hochglanz zu bringen, den roten Verfall, das Zundrigwerden von Lederoberflächen, kuriert er ebenso geschickt wie schießende Lagen, will sagen durch unsachgemäßes Rückenrunden entstandene Stufen im Vorderschnitt, Krebse, also verbundene Bücher, wandern auf den Operationstisch, wie mit dem Skalpell trennt er die Heftgaze von oben bis unten durch, zerlegt die Lagen und bringt sie in die richtige Reihenfolge, Kustoden, sagt Zbären, seien ihm lieber als Seitenzahlen, in usum delphini, von störenden Mäkeln befreit, leider ist man machtlos gegen das Tellern des Papiers, das an den Rändern wellig und im Innern trocken geworden beziehungsweise geblieben ist, ein Bibliotheks-Beheizungs-Kunstfehler, unverzeihlich, da nützt die härteste Stockpresse nichts, Stockflecken dagegen, auch sie durch Feuchtigkeit entstanden, kann man im kochenden Wasser ausmerzen, die mürben Fasern müssen nachträglich mit Methylcellulose verleimt werden, doch vornehmer, so Zbären, sei es gewiß, sie zu pflegen statt zu eliminieren, seien sie doch gerade bei kostbaren Faksimile-Ausgaben ein unverzichtbares Altersmal der Echtheit, selbst Palimpseste können nach dem Abschleifen der ursprünglichen Schriftzüge, und das müßte für einen Leselosen von besonderem Interesse sein, wieder verwendet werden, ja, es gelinge sogar mit Hilfe der Luminiszenz, den verschwundenen Text wieder sichtbar zu machen. Zbären, Abonnent der Zeitschrift Philobiblon und Mitglied der Société des Bibliophiles – im Kulinarischen der Chaine des Rôtisseurs vergleichbar –, hat

noch, auch im Gsühn, etwas von den Wanderbuchbin-
dern, die vornehmlich in englischen Schlössern auf die
Stör gingen. Warum, frage ich Sie, liebe Gräfin, nun
im Namen Blankenburgs, sollte er nicht auch Mittel
und Wege finden, ein Vakat im Buch des Lebens
wieder der Schrift zuzuführen?

VII

Sechs Tage sollt ihr sammeln, heißt es im Buch der
Bücher, jamais le dimanche, und dieser Rhythmus
wird auch in Blankenburg befolgt, als ob in einer auf
vierundzwanzig Stunden ausgedehnten Gedenkminute
stehend, das heißt in der Lektüre einhaltend, um alle
Leselosen dieser Welt getrauert würde, weiß ist euer
Sonntag, weißer als der Simmentaler Schnee, frei von
Goethe-, Schiller-, Hölderlin-Spuren; sehet, der Herr
hat euch den Sabbat gegeben, darum gibt er euch am
sechsten Tag zweier Tage Brot, und das Haus Israel
hieß es Man, und es war wie Koriandersamen und
weiß und hatte einen Geschmack wie Semmel und
Honig. Man, hebräisch, heißt Geschenk und ist gleich-
bedeutend mit Manna, Wundernahrung in der Wüste.
Und du gabst ihnen deinen guten Geist, sie zu unter-
weisen, und dein Man wandtest du nicht von ihrem
Munde, und gabst ihnen Wasser, da sie dürstete –
Buch Nehemia, Kapitel neun, Vers zwanzig, Analektenkonserven des Alten Testaments, Gebirgsgräfin;
unsre Väter haben Manna gegessen in der Wüste, wie
geschrieben steht – Johannes sechs, einunddreißig, der
Morbus Lexis schließt leider nicht aus, daß man sich
gewisser Erstlektüren noch erinnert, freilich im Sinne
von mehrzüngig barocken Puzzlestücken, die in kein
Bild mehr passen.

Um so gespannter bin ich auf Ihren wie immer mit dem Blankenburger Doppelturmwappen gesiegelten Sonnabendbrief, auf dem neben den Klebern Expreß und Fragile der Vermerk steht: erst morgen zu erbrechen, also am siebten Tag, an dem ich Ihr Geehrtes nach eingehendem Studium wie folgt zusammenfassen darf. Nebenbei gesagt, gelang es mir, das siebenkleeblätterige Autograph im Dreivierteltakt Ihrer Kalligraphie ohne die Spetterin zu bewältigen, ein Besserungszeichen dergestalt, daß ich mich nach der Niederschrift des Schauerhammer-Papiers angeschickt haben dürfte, mich einer gewissen Verliebtheit bezüglich Ihrer zu erdreisten. Es ist der Keim eines Gefühls, ich kann es aber nicht benennen. Warum, noch einmal, sollte ich mein Krankenlager im Innersten Ihrer Schloßbibliothek aufschlagen, dort, wo die Zimelien in Solanderschubern stehen? Zbären, der Bibliopath, unentwegt tätig, während wir miteinander korrespondierten, Sie vor allem, schriftadelige Simmentaler Gräfin, den Kontakt nie abreißen ließen, mir sogar in größter Not den kompletten Grimm zukommen ließen, hat sein Gastrecht in unserem Briefwechsel genutzt und seine Methode in Anlehnung an Bachs Blütentherapie entwickelt. Wenn es zutrifft, so Zbären, daß die Bachschen Blütenessenzen nicht über den mühevollen Umweg – er sagt Saumpfad – des gemarterten Körpers, sondern kraft spezifischer Schwingungsebenen direkt auf das Energie-System des Morbus-Lexis-Patienten einwirken, wenn wir, ausgehend von einer holistischen Auffassung von Gesundheit, die Heilung als Reharmonisierung des Bewußtseins bezeichnen,

uns also in einer Linie sehen mit Hippokrates, Paracel-
sus und Samuel Hahnemann, wenn bestimmte wild
wachsende Blumen, Büsche und Bäume höherer Ordnung, das heißt ihre pflanzlichen Seelenkonzepte, mit
einer leicht zu eruierenden Frequenz im menschlichen
Energiefeld übereinstimmen und somit das, wie Bach
es nennt, höhere Selbst durchfluten, so daß die Krankheit hinwegschmilzt wie Schnee an der Sonne, wenn
sich dieses Konzept auf die Musik übertragen läßt, die
Obertöne eines Akkordes einerseits, diejenigen der
Edelkastanie anderseits, und soweit geht Bach in der
Tat, nomen atque omen, durchschlagende Erfolge
mit den Fugen und Inventionen, wenn dem allen so
ist, müßten wir auch mit Büchern zum Ziel gelangen,
wir erklären die Weltliteratur zum kosmischen Ener-
giepotential, zur Alternativenergie schlechthin, und
die Bach-Blüten-Essenz stellt als Katalysator den
blockierten Kontakt des Leselosen wieder her, was
der Patient einmal Flüsterkongreß genannt habe, sei
mehr als nur zutreffend, die elysischen, sphärischen,
seraphischen und äolischen Stimmen als Ozon des
Büchermenschen, verkämen sie zu höhnenden, frot-
zelnden Stimmen wie im Fall Monsieur Roberts, könne
dies der Anfang von Verfolgungswahn sein, erstür-
ben sie ganz, versinke der Leidende im synaptischen
Spalt, in der Schrunde und Schrunze seiner Nichtig-
keit.

Nun sei es hochinteressant, so Zbären, daß die
englische Esoterikerin Alice Bailey noch einen Schritt
weiter gehe als Bach, der bekanntlich geschrieben
habe, die Krankheit sei ein Korrektiv, dessen sich die

Seele bediene, um den Patienten auf seine Fehler hinzuweisen und ihn vor noch größeren Irrtümern zu bewahren, und den Menschen als Energiefeld mit sieben sich gegenseitig beeinflussenden Ebenen interpretiere, von denen nur der physische Körper sichtbar sei. Jede Zone schwinge auf einer anderen Frequenz, wobei die sechs unsichtbaren Hüllen unter dem Begriff Aura zusammengefaßt würden. Nicht ohne tiefere Bedeutung in meinem siebten Brief nach Blankenburg zusammenzufassen, fügt Zbären bei. In der ersten, der ätherischen Ebene der Aura, seien als Energiesammel- und Verteilerstellen die sogenannten Chakren lokalisiert, die Wurzel-Chakra, Sacral-Chakra, Solarplexus-Chakra, Herz-Chakra, Schilddrüsen-Chakra, die Chakra des dritten Auges – oder sechsten Sinnes – und, auf der Höhe der Fontanelle, die Kronen-Chakra. Diese Zentren rotierten ihrerseits in unterschiedlichen Frequenzen, welche von Sensitiven sogar in verschiedenen Farben wahrgenommen würden. Es gebe neben der ätherischen noch die emotionale, die mentale und die transpersonale Zone. Krankheit sei nach dieser Darstellung nichts anderes als eine Schwingungsverzerrung innerhalb der Aura, sie erscheine auf der ersten, der ätherischen Ebene und führe zu einem wahren Tohuwabohu unter den Chakren, was der Geschädigte als innere Absturzpanik erlebe, als totale Verschattung seiner Existenz.

Der Waliser Arzt Doktor Edward Bach nun sage, läßt Zbären ausrichten, schöne Gräfin, daß die Blütenessenzen in einen direkten Kontakt zum höheren Selbst der Persönlichkeit träten und in allen Teilen der

Aura wirksam würden, insbesondere die Chakren positiv stimulierten. Da aber – dieser Fall interessiere uns nicht – die Hüllen der Aura nicht den Raum-Zeit-Gesetzen des physischen Körpers folgten, könne eine Krankheit schon geheilt werden, bevor sie überhaupt auftrete. Solle uns darum nicht kümmern, weil man nicht mit der Prophylaxe liebäugeln dürfe, wenn es, wie bei meinem Morbus-Lexis-Stadium, schon fast zu spät sei. Dies habe er, Zbären, gewissermaßen nur exklusiv für mich resümiert, damit ich es gleich wieder vergessen könne, denn der Kranke, naturgemäß Ungeduldige, wolle Resultate sehen, nicht windungs- und klammreiche Anbahnungsmethoden. Je weiter, entre paranthèse, die Forschung voranschreite, desto einfacher werde die Schöpfung.

Seine fundamentale Entdeckung bestehe nun darin, daß er Bachs Potenzierungsverfahren, also die Sonnenmethode, mit den Zbärenschen Bibliostrahlen, der Werksaura, kombiniere, indem er die klassischen Bach-Blüten wie Agrimonia Eupatoria, Fagus Sylvatica, Centaurum Umbellatum, Ceratostigma etcetera zur Lichtessenz – im Gegensatz zum Kochprinzip, hier trenne er sich von dem Waliser Forscher – eintrocknen lasse, um die gepreßten Pflanzen statt, was das Naheliegende wäre, in ein Herbarium, also ein reines Album der Natur, in ein literarisches Werk zu legen, etwa in den Nachsommer oder den Stechlin, wobei es darauf ankomme, jene Stelle des Romans herauszufinden, wo das Arcanum verborgen sei, das Mischgeheimnis in der Porzellanmanufaktur, die mise en abîme, wie die Franzosen sagten, und diese wiederum müsse von der Frequenz her den blockierten Chakren entsprechen, was sich im Bach-Blüten-Doppelblindverfahren leicht bestimmen lasse.

Korrigieren Sie mich bitte, Herrin von Blankenburg, wenn ich Zbären falsch verstehen sollte, Ihre Aufgabe wäre es, das für das Natur-Literatur-Heilverfahren benötigte Werk in aller Ruhe und in der signifikanten Edition zu lesen und dabei ständig, bald weite Schleifen ziehend, bald enge Maschen knüpfend, um den geheimen Brennpunkt zu kreisen. Zbären schlägt als Versuchsobjekt nicht zufällig den Nachsommer vor, weil sich hier makellose Gestalten, Bach-Blüten der Roman-Welt, in Ehrfurcht und Staunen verbünden, weil das Rosenhaus, weder Schloß noch Kate, eher ein Herrensitz der Bescheidenheit, zu einem Solanderschuber der reinen Harmonie werde, ein Behältnis des Schönen, das nicht glänze, sondern selig in ihm selber sei. Sie als Liseuse hätten zu entscheiden, wo das Lesezeichen des getrockneten Heilkrautes einzulegen sei, zum Beispiel an jener Stelle, wo die Gesellschaft auf den Sandplatz hinaustrete, die Sessel gegen die Rosen drehe und in stummer Anschauung der Pracht versinke, dann aufstehe und ohne ein Wort die Stätte verlasse. Oder dort, wo Natalie und Heinrich im Garten vor dem Brunnen mit der Statue und der Alabasterschale stünden, das Wasser, die Edelsteine und den Marmor lobten, ein Zwiegespräch so rein und klar wie Aquamarin, so Arpagaus. Wenn man das Ganze der Einfachheit halber als Operation verstehen wolle, könne er, der Hausarzt und Talschaftsmedicus, jederzeit auf die Assistenz der Gräfin, diese auf die

Hilfe Arpagaus', jener auf die Zudienereien Loontiens zurückgreifen.

Ihm, Zbären, obliege es, die konspirative Bach-Blüte zu wählen, im Falle des Nachsommers fiele es ihm nicht schwer, sich für Rock Rose, Helianthemum Nummularium, das gelbe Sonnenröschen zu entscheiden, das im Kreidekalk-Hügelland zu finden sei, also gerade im Simmental, und strahlend gelb zwischen Juni und September, justament zur Nachsommerzeit blühe. Die Rock-Rose-Schlüsselsymptome seien äußerst akute Angstzustände, Terror- und Panikgefühle, die Grenze dessen, was ein Mensch ertragen könne, sei erreicht. Der Solarplexus beispielsweise fühle sich an wie Stein, das Herz stocke vor Angst, der Odem verflüchtige sich zum letzten Lebenshauch. Zu den Potentialen im transformierten Zustand zähle die Erholung im milden Septemberlicht und in urwüchsiger Natur. Die Rock-Rose-Energie befreie die Persönlichkeit aus ihrer Scheintotenstarre und befähige den Kranken, seine Seele wieder in die Dinge zu legen, Hölzer, Tiere, Blumen wieder so zu pflegen, daß sie lesbar würden, ihre Signatur offenbarten. Er sei auf Rock-Rose gekommen, als er den Satz des Freiherrn von Risach gelesen habe: Aber es gibt auch ein Einerlei, welches so erhaben ist, daß es als Fülle die ganze Seele umgreift und als Einfachheit das All umschließt. Der Nachsommer, so Arpagaus, sei ein Gesetzbuch des harmonischen Lebens, von jener Schönheit, die am reinsten der Edelstein verkörpere mit seinem einfachen Glanz und seiner unergründlichen Kraft.

Dergestalt müsse Rock Rose, doch könne man es auch mit Sweet Chestnut, mit den Blättern der Edelkastanie wagen, den Nachsommer dazu überreden, die Harmonie des Rosenhauses auf den Patienten zu übertragen, ohne daß dieser auch nur eine Zeile zu lesen habe. Sie, sagt Zbären, bleiben vorerst leselos, wir stellen Ihr Krankenbett ins Stifter-Kabinett. Um das Bett herum wird ein Rotunden-Regal gebaut, vergleichbar einer künstlichen Lunge. Alle kostbaren Erstausgaben in Batist und Basan, in Sedez, Kleinoktav und Oktav, dazu auch die Holzbibliothek aus Stifters Nachlaß, ein Buchkasten, dessen Inhalt aus den Holzmustern verschiedener Bäume besteht, samt und sonders aus dem originalen Hochwald, alle diese Schätze, und mitinne die Nachsommerausgabe in tannengrünem Maroquin, werden um Sie herum aufgebaut. Loontien serviert Ihnen dreimal am Tag den Bachblütentee mit der Rock-Rose-Essenz. Hinzu kommt, daß nicht nur die Gräfin als Ihre Muse und Liseuse, daß das ganze Schloß unentwegt Stifter liest, der märkische Diener in seiner Loge Stifter, Arpagaus im Diktiersalon Stifter, ich in meiner Quetsche, soweit mir die noch akuteren Notfälle Zeit lassen, Stifter in einer umbindebedürftigen Remittende, das Küchenpersonal Stifter in zerfledderten Reclam-Heftchen, um so jene Aura zu bilden, in der sich der Rock-Rose-Nachsommer geborgen genug fühlt zur Abgabe seiner Bibliostrahlen. Es wird zwar einiges brauchen, bis die Stechlinsche Atmosphäre verdrängt und die Nachsommersche etabliert ist, aber wir tun alles für Sie, verheißt Zbären, Frau Menscha.

Das sei die eine Behandlung. Komplementär dazu müsse man Herders berühmte Abhandlung über den Ursprung der Sprache auf mich wirken lassen, der geniale Ansatz des Theologen, teuerste Freundin des Herzens, habe darin gelegen, daß er den eben noch von Süßmilch behaupteten göttlichen Ursprung der Sprache bestritten habe und von den tierischen Lauten ausgegangen sei. Süßmilch habe seine Theorie damit begründet, die Sprache sei so vollkommen, daß nur Gott als Erfinder in Frage komme. Diese rationale Erklärung habe Herder erbost und zu seiner Preisschrift für die Preußische Akademie der Wissenschaften angespornt. Darin schreibe er:

Schon als Thier, hat der Mensch Sprache. Alle heftige, und die heftigsten unter den heftigen, die schmerzhaften Empfindungen seines Körpers, so wie alle starken Leidenschaften seiner Seele, äußern sich unmittelbar durch Geschrei, durch Töne, durch wilde, unartikulierte Laute. Ein leidendes Tier sowohl, als der Held Philoktet, wenn es der Schmerz anfällt, wird wimmern! wird ächzen! und wäre es gleich verlassen, auf einer wüsten Insel, ohne Anblick, Spur und Hoffnung eines hülfreichen Nebengeschöpfes. – Es ist, als obs freier athme, indem es dem brennenden, geängstigten Hauche Luft giebt; es ist, als obs einen Teil seines Schmerzes verseufze, und aus dem leeren Luftraum wenigstens neue Kräfte zum Verschmerzen in sich ziehe, indem es die tauben Winde mit Ächzen füllet.

So der Beginn von Herders Abhandlung. In den

primitiven Kulturen seien diese Töne noch wichtiger als in der Neuzeit, man denke nur an die Kindheit zurück. Diese reinen Laute seien ohne eigentlichen Inhalt. Wie aber könne daraus eine menschliche Begriffssprache entstehen? Von den tierischen Artikulationen her sei kein Übergang möglich. Man könne das Geschrei noch so sehr verfeinern und organisieren, wenn kein Verstand dazu komme, diesen Ton mit Absicht zu brauchen, sehe er, Herder, nicht, wie nach dem Naturgesetz je eine menschliche, willkürliche Sprache werde. Inder weinten Schälle der Empfindungen wie die Tiere. Sei aber die Sprache, die sie vom Menschen lernten, nicht ganz anderer Art?

Der revolutionäre Ansatz Herders bestehe darin, daß er zu einer eigentlichen Anthropologie ansetze und vom Unterschied zwischen Mensch und Tier ausgehe. Jedes Tier habe seine eigene Sphäre, auf die es ganz ausgerichtet sei, die Biene ihren Bau, die Spinne ihr Netz. Je schärfer die Sinne der Tiere und je wunderbarer ihre Kunstwerke, desto kleiner ihr Kreis. Je kleiner die Sphäre der Tiere, desto weniger hätten sie Sprache nötig, je größer und vielfältiger ihre Sphäre, desto mehr sähen wir ihre Sinnlichkeit sich verteilen und schwächen. Weil die Instinkte der Spinne ganz auf ihr Netz gerichtet seien, brauche sie sich nicht zu verständigen. Darum belle oder jaule oder knurre der Hund, die Spinne nicht. Je mehr die Vorstellungen der Tiere auf Eins gerichtet seien, desto zusammengezogener sei das Einverständnis ihrer etwanigen Schälle, Zeichen, Äußerungen. Es sei ein herrschender Instinkt, der da spreche und vernehme.

Mit dem Menschen ändere sich dieses Bild, er habe keine begrenzte Sphäre mehr, seine Sinne seien über die ganze Welt verbreitet. Die Biene summe, wie sie sauge, der Vogel singe, wie er niste. Wie aber spreche der Mensch von Natur? Gar nicht. So wenig, wie er etwas durch Instinkt bewerkstellige wie das Tier. Der Mensch sei der Freigelassene der Schöpfung. Gerade weil er von der Natur losgelöst sei, im Extremfall des Morbus Lexis aus ihr verbannt, könne er Besonnenheit entwickeln. Der Kranke freilich nur das Röhrendenken, das kerkerhafte Im-Kreis-Gehen. Der Mensch sei isoliert, frei, bedürftig, und er habe die Fähigkeit, die ihn vom Tier unterscheide, sich diesem oder jenem, aber auch sich selbst zuzuwenden. Die Reflexion auf sich selbst sei das eigentliche Wesen des Menschen. Und das heiße für Herder Besonnenheit. Der Mensch sei besonnen, das Tier nicht. Wie sich das auswirke, auf die Sprache? Unvergeßlich sei die Beschreibung des ersten Wortes bei Herder, Arpagaus habe sie für mich exzerpiert:

Der Mensch beweiset Reflexion, wenn die Kraft seiner Seele so frei wirket, daß sie in dem ganzen Ocean von Empfindungen, der sie durch alle Sinne durchrauschet, Eine Welle, wenn ich so sagen darf, absondern, sie enthalten, die Aufmerksamkeit auf sie richten, und sich bewußt sein kann, daß sie aufmerke. Er beweiset Reflexion, wenn er aus dem ganzen schwebenden Traum der Bilder, die seine Sinne vorbeistreichen, sich in ein Moment des Wachens sammeln, auf

144

Einem Bilde freiwillig verweilen, es in helle ruhigere Obacht nehmen, und sich Merkmale absondern kann, daß dies der Gegenstand und kein anderer sei. Er beweiset also Reflexion, wenn er nicht bloß alle Eigenschaften lebhaft oder klar erkennen, sondern Eine oder mehrere als unterscheidende Eigenschaften bei sich anerkennen kann: der erste Aktus dieser Anerkenntnis gibt deutlichen Begriff; es ist das Erste Urtheil der Seele, und – wodurch geschah diese Anerkennung? Durch ein Merkmal, das er absondern mußte, und das, als Merkmal der Besinnung, deutlich in ihm blieb. (...) Dies Erste Merkmal der Besinnung war Wort der Seele. Mit ihm ist die menschliche Sprache erfunden.

Lasset jenes Lamm, als Bild sein Auge vorbeigehen: ihm wie keinem anderen Thiere. Nicht wie dem hungrigen, witternden Wolfe; nicht wie dem blutleckenden Löwen – die wittern und schmecken schon im Geiste: die Sinnlichkeit hat sie überwältigt, der Instinkt wirft sie darüber her. – Nicht wie dem brünstigen Schaafmanne, der es nur als den Gegenstand seines Genusses fühlt, den also wieder die Sinnlichkeit überwältigt; nicht wie jedem andern Thier, dem das Schaaf gleichgültig ist, daß es also klar-dunkel vorbeistreichen läßt, weil ihn sein Instinkt auf etwas anderes wendet. Nicht so dem Menschen.

So bald er in das Bedürfnis kommt, das Schaaf kennen zu lernen: so störet ihn kein Instinkt; so reißt ihn kein Sinn auf dasselbe zu nahe hin, oder davon ab: es steht da, ganz wie es sich seinen Sinnen äußert. Weiß, sanft, wollicht – seine besonnen sich übende Seele sucht ein Merkmal; das Schaaf blöcket, sie hat ein Merkmal gefunden: der innere Sinn wirket. Dies Blöcken, das ihr den stärksten Eindruck macht, das sich von allen andern Eigenschaften des Beschauens und Betastens losriß, hervorsprang, am tiefsten eindrang, bleibt ihr. Das Schaaf kommt wieder. Weiß, sanft, wollicht – sie sieht, tastet, besinnet sich, sucht Merkmal – es blöckt, und nun erkennet sies wieder! »Du bist das Blöckende!« fühlt sie innerlich, sie hat es menschlich erkannt, da sie es deutlich, das ist, mit einem Merkmal erkannte und nannte.

Dunkler; so wäre es von ihr gar nicht wahrgenommen worden, weil keine Sinnlichkeit, kein Instinkt zum Schaafe ihr den Mangel des Deutlichen durch ein lebhafteres Klare ersetzte. Deutlich unmittelbar, ohne Merkmal; so kann kein sinnliches Geschöpf außer sich empfinden, da es immer andere Gefühle unterdrücken, gleichsam vernichten, und also den Unterschied von zween durch ein drittes erkennen muß. Mit einem Merkmal also; und was war dies anders, als ein innerliches Merkwort? »Der Schall des Blöckens von einer menschlichen Seele, als Kennzeichen des Schaafs wahrgenommen, ward, kraft dieser Bestimmung, Name des Schaafs, und wenn ihn nie seine Zunge zu stammeln versucht hätte.« Er erkannte das Schaaf am Blöcken: es war ein gefaßtes Zeichen, bei welchem sich die Seele einer Idee deutlich besann – Was ist das anders als Wort? Und was ist die ganze menschliche Sprache, als eine Sammlung solcher Worte?

Diese Sätze Herders, so Zbären, seien von ungeheurer Tragweite. Der Mensch werde vom Weißen, Wolligen nicht hingerissen, durch Hunger oder Brunst, er schrecke auch nicht vor Furcht zurück. Er vermöge sich zu distanzieren, er könne dem Schaf gegenüber verweilen, dank der Kraft der Freiheit, die er aus der Störung seiner Instinkte beziehe. Vermöge der Distanz könne der Mensch ein Merkmal absondern, so komme es zum fundamentalen Akt der Identifikation. Das Weiße, Sanfte von heute sei gleich dem Weißen, Sanften von gestern. Es habe gestern wie heute dasselbe Merkmal, es blöke. Auch wenn der Urmensch seinen Mund nicht öffne, habe er die Sprache dennoch erfunden, weil er innerlich blöke. Nun hätte ja auch das Weiße, die Farbe als Kennzeichen genommen werden können. Die Seele des Urmenschen vermöge auch innerlich zu schimmern. Warum nicht, dafür gebe es einen zentralen Grund:

Äußerlich sehe ein Dackel einer Katze ähnlicher als einer Dogge. Dennoch gehörten Dackel und Dogge zusammen, weil beide bellten, die Katze dagegen miaue. Die Sprache gehe also von einer akustischen Stufe aus. Herder dränge zum Verlautenden. Da sei für ihn die Nachahmung eines akustischen Merkmals am natürlichsten gewesen. Das erste Wort habe bäh gelautet, es sei die erste Bezeichnung für das Schaf gewesen. Aber damit erschöpfe sich die Leistung dieses Bäh noch lange nicht. Es bezeichne nämlich nicht nur das individuelle Schaf, sondern jedes Weiße, Wollige, Sanfte, das blöke. Zahlreiche verschiedene Gegenstände würden so zu einer Einheit zusammengefaßt. Das Wort werde zum Begriff für ein Mannigfaltiges, der Besonnenheit gelinge es, zu abstrahieren. Abstrahieren aber heiße absehen von. Indem ein Besonderes hervorgehoben und im Wort fixiert werde, sähe man zugleich vieles als indifferent für den Begriff des Schafes an, die Größe, das Alter, das Gewicht, das Geschlecht. Der Rest sei Paläolingustik.

Ob ich nun begriffe, was Herder mir, dem Leselosen, mit dieser Entdeckung sagen wolle, oberste Legistin. Wahrscheinlich nicht, vermutet Zbären, deshalb müsse man die Abhandlung über den Ursprung der Sprache, in Blankenburg in der Pichlerschen, steinzeitgrauen Pappausgabe vorrätig, Wien 1801, mit Vervain, Verbene Officinalis, mit dem Eisenkraut kombinieren und als Bach-Blüten-Buch-Essenz auf mich wirken lassen. Zu den Vervain-Schlüsselsymptomen gehöre der Übereifer, sich für eine gute Sache einzusetzen, man treibe Raubbau an seinen Kräften, werde reizbar und fanatisch. Im blockierten Vervain-Zustand neige man dazu, ein Thema zu Tode zu reiten. Stifter im Stechlinschen Umfeld die belletristische, Herder die sprachphilosophische Stoßrichtung, so Zbären. Der Theologe sage im Grunde nichts anderes, als daß ich mit dem Begriff Nebnet mein Merkmal gefunden hätte, dies eine, das mein Schauerhammersein von der Nachtmahr und vom Universalgrauen absondere, und da keine Gesundheit sei, wo das Wort gebreche, dürfte mir die Tragweite dieses Schalles unter den Schällen im Laufe meiner Sanatoriumszeit im Bücherschloß erst allgemach klar werden. Stellen Sie sich Blankenburg zu Ende vor, und dann kommen

Sie, haben Sie geschrieben, Frau Menscha. Das ist hiermit geschehen, und es heißt doch wohl auch: Nebnet sagen, den Fluch stehen lassen und alle Brükken zu Schruns abbrechen. Ich gebe mir Mühe, ich will es versuchen.

Postscriptum

Dies ist das Ebnet-Papier der ersten Schritte: am
21. März – ja, plötzlich werden meine Tage wieder
gezählt –, kurz nach dem siebten Blankenburger Brief
– von Ihnen, von mir? – erwache ich am späten
Vormittag satzbildend, Gräfin, satzbildend, was genau mein Inneres gestammelt hat, weiß ich nicht
mehr, kein Wort ist, kein Zipfel zu erhaschen, aber ich
fasse mir ein Herz und verlasse die Schauerhammer-
werkstatt meiner Doppelliege, den Pfuhl meiner
Schwerstarbeit des Leidens, Liegens, Brastens und
Nebnetstierens, zum ersten Mal nach sechs zu einem
Klumpen verpappten Monaten, einfach aufgestanden,
noch wackelig auf den Beinen, versteht sich, ich durch-
breche die Scheintotenstarre, sprenge die Zisterne –
woher, mit welcher Kraft? –, ramisiere den Grimm
samt dem Blindband zusammen, verstaue ihn im Bü-
chergestell und unternehme, als wäre nichts gewesen,
meinen gewohnten Spaziergang in den Ebnet hinauf.

Unter dem Galgen krieche ich hervor, aus dem
schiefkantbalkigen Kärchel trete ich in den Dach-
wohnraum hinaus, diese zimmermannsgewaltige Zelt-
konstruktion aus Bundsparren, Zangen und Schwenk-
bügen, durch das kühle Haus steige ich hinunter in die
steinsüßlich riechende Küche mit dem rußigen Rauch-
fang über dem Herd, der Hälikette für den Kupferkes-

sel, tappend, tastend, ich trete durch den schmalen karfangenen Gang, in dem der grünliche Verputz abblättert, hinaus auf den zwickelrunden Hof des Schrunser Anwesens, wo sich der blanke Himmel zeigt und mich die Sonne blendet, mit ein paar Schritten aus der Nacht ans Licht, Frau Gräfin, und ich setze mich für einen Augenblick an den Tisch neben dem Eingang.

Ein warmer Hochfrühlingstag, hitzehell der Zementboden mit den spinnenbeinigen Rissen, die sich in alle Himmelsrichtungen verzweigen, kühl im Schatten der Mauer der Brunnen und der Steintrog, in den die Spetterin die goldgelb, purpurn und violett leuchtenden Stiefmütterchen gesetzt hat, mächtig unter der Dachkrempe die englischrot gestrichene Bauernhausflanke mit einem Stich ins Lilagraue, das Holzschopfgatter, das Tennstor, die verschalte Treppe zur Veranda mit dem Hundeloch, das Bibliotheksfenster, die Stall- und Haustür, durch ein Vordächlein geschützt, und ich sehe vor mir die achtzig ausgewaschenen Treppenstufen, die zur tauben Raubritterburg mit den geschlossenen Viehläden hinaufführen, eine auf dem äußersten Felssporn des Kestenbergs festgewrackte Bruchsteinarche, mit der Pächterkate durch die luftige Ostkanzel vor dem Haupteingang verbunden, in die das geknickte Dach über den Stallungen und Geräteräumen stößt, nach Westen durch die Schrunser Lücke vom fortlaufenden Jurahöhenzug abgetrennt, ja, der Grat setzt sich eigentlich fort in den Firsten des Schlosses und des Ökonomiegebäudes und verzweigt sich zur Astgabel der beiden Giebelräume, des Kär-

chels und der Dachstube. Trotzig dräut das hell be-
schienene Adelsgemäuer in seinem mittelalterlichen
Dämmerschlaf über dem Hof. Dies alles, Gräfin, sehe
ich wie zum ersten Mal, da ich satzbildend erwacht
bin heute am 21. März.

Ich trete durch das Rundbogentor mit dem Wap-
penschlußstein hinaus auf den blendend weißen Burg-
weg, zur Rechten erhebt sich der Schloßgarten in drei
Terrassen über der zyklopenhaften, aus rustizierten
Quadern gefügten Zinnenmauer, an der im Mai die
Wicken, im Sommer die wilden Rosen emporklettern,
zur Linken das verfallene Backsteinlabyrinth des alten
Schweinestalls, die zwei urweltlichen Kastanien, die
bereits klebrige Kerzen treiben, und der leicht ab-
schüssige Pflanzplätz mit der Geißblatthecke und der
geschützten Sonnenwand für Phlox, Malven, Rittersporn und Astern. Durch das äußere Tor, an dessen
Sockel Privat steht, gelange ich in den noch kahlen
Kastanien- und Buchenhain der Lücke, dieser schrammen Klus, in der die gotischen Baumbesen eine kurze
Allee bilden, mit ihren zerklüfteten Malmkalk- und
Doggerschräglagen, senkrechte Kletterfelsen, als ob
die Auffaltungen der Gesteinsdecken hier im Quer-
schnitt sichtbar wären. Über diesem früheren Schloß-
graben erhebt sich gewaltig der Bergfried, unstürm-
bar, der nahtlos in den Palas mit dem wuchtigen
Walmdach übergeht. Ein verblichener, ehemals mais-
gelber Wegweiser gibt die Meereshöhe, 543 Meter,
und die Richtungen Brugg und Lenzburg an.

Im Anschluß an die Lücke ein grob gefügter, mit
senfgüldenen Flechten bewachsener und hohen Lin-

den bestandener Söller, zu dem ein paar vermooste und verwitterte Treppenstufen emporführen, das frühere Croquette-Plätzchen. Von hier aus sieht man die vagen Umrisse von Schloß Lenzburg im Dunst, und ein paar Schritte weiter fallen die Krüppelweiden, in denen, sobald das Gras fetter ist, die Freiburger Rinder stehen, steil ab nach Grächen, man hat den freien Blick über Tal und Dorf: die Straßenkreuzung mit dem Schützenhäuschen, der Sternen und seine Dependance, die Mehrzweckhalle, der kleine Glockenreiter am Waldrand und der Friedhof, die gestapelten Lagerhölzer der Türenfabrik, das Schulhaus und das Feuerwehrmagazin, spielzeughaft durch die rund 120 Meter Höhenunterschied.

Ich kann, wenigstens im Freien, wieder lesen, Gräfin, die Dinge entziffern, als hätte ich eben frisch das Alphabet erlernt, Böhme sagt in seiner Schrift De rerum signatura: Darum ist in der Signatur der größte Verstand, darinnen sich der Mensch ... nicht allein lernet selber kennen, sondern er mag auch darinnen das Wesen aller Wesen lernen erkennen; denn an der äußerlichen Gestaltniss aller Kreaturen, an ihrem Trieb und Begierde, item, an ihrem ausgehenden Hall, Stimme und Sprache, kennet man den verborgenen Geist, denn die Natur hat jedem Ding seine Sprache (nach seiner Essenz und Gestaltniss) gegeben, denn aus der Essenz urständet die Sprache oder der Hall, und derselben Essenz Fiat formet der Essenz Qualität, in dem ausgehenden Hall oder Kraft, den lebhaften im Hall, und den essentialischen im Ruch, Kraft und Gestaltniss. Ein jedes Ding hat seinen Mund zur Offenbarung.

Der Gratweg zum Schloß Wildegg steigt nun, wo er von der fallenden Talstraße abzweigt, leicht an, führt an einem niedrigen Gemäuer mit olivgrüner Fettwurz entlang zu einem gürtelförmigen Bauerngarten, hier blühen prallgelb die Osterglocken, sprießen die Spitzen der Schwertlilien hervor, liegen die Primeln wie koloriertes Rührei hockweise verstreut, kleine Beutel voller Menschenhaar halten das Wild davon ab, die Rosenknöpfe zu fressen. Weiter oben am Waldrand hat man die Wahl, der Feldstraße mit der dicken Grasnarbe zu folgen, die in drei Serpentinen die Anhöhe des Ebnets erklimmt, oder durch einen Hohlweg zwischen bleichen Felsrippen, durch das Moderbett aus Erde und verjährtem Laub zum sogenannten Picknickplatz hinaufzustapfen, wo Kalkmeiler das veraschte Rund einer Feuerstelle formen.

Ich nehme den äußeren Weg, drehe mich immer wieder um und sehe schräg gegenüber auf dem Sporn den Bergfried wie einen Wasserturm durch die Buchen und Kastanien schimmern, das Pyramidenapsidendach in warmem dunklem Ziegelbraun, sehe unter mir die Mulde mit den frisch gestutzten Apfelbäumen, wie amputierte Geweihe liegen die Äste auf der Matte, und durch die Trichterschneise zwischen Schloßwald und Bannwald noch einmal Grächen, das Flickenmuster der Wiesen und Äcker mit den ockergrauen Nähten, dahinter den Achserwald, das Birch und das Lind, über Grantelfingen das Meiengrün, dann den Einschnitt des Freiamts mit dem Rietenberg und der Hohwacht.

Man muß diesen Blick mitnehmen, denn oben auf

154

der Kuppe, wo sich der Ebnet auftut und der Wind durch die Haare fährt, hat man keine Rundsicht mehr. Es ist eine königliche Landschaft für sich. Ein langgezogenes Hochplateau, auf drei Seiten vom Kestenberger Wald eingefriedet. Am rechten Rand setzt sich die Hohle Gasse fort in einer offenen Allee oder einarmigen Chaussee, ich nenne sie so, weil sich die Buchen zum Teil weit über den Weg mit den tiefen Karrenspuren wölben, zum andern weil ein paar in dieser Gegend sehr seltene Kastanien auf der Feldseite stehen. Ein Grenzstein schief in den Boden geranzt, das Gras ist noch mager und falb, im Waldinnern sehe ich den hellgrünen Teppich aus Bärlauch, worin die weißen Buschwindröschen leuchten und die fast enzianblauen Scillae funkeln, auch Blaustern oder Meerzwiebel genannt.

So gehe ich etwa eine Viertelstunde in diesem Wandelaltan majestätischer Bäume, die einarmige Chaussee steigt zunächst noch leicht an und führt dann schnurgerade zur Ruhebank in einer Strauchnische im hintersten Winkel des Ebnets. Das ist das Ziel des Spaziergangs, wenn man auch dem Gratweg noch weiter folgen könnte über Riffe und Kolke bis zur Habsburger Bank, wo einem das ganze Birrfeld bis zu den blauen Jurazügen, ja, bis zum fernen Schwarzwald zu Füßen liegt, oder gar bis zur Lenzburger Bank, wo man gleichsam au pair zur Schloßanlage hinüberblickt, ins Mittelland taucht und an Föhntagen den Alpenkranz mit seinen Firnzwickeln vor sich hat. Der Reiz der Ebnetrast liegt aber gerade darin, daß man um diese Aussichten weiß, ohne sie ausschöpfen zu müssen. Auch heute: ich könnte zwar höher steigen, aber es muß nicht sein.

Nichts weiter als ein gefangenes Landschaftszimmer, windgeschützt in der hintersten Ecke, so daß ich mit Bedacht meine Havanna anstecken kann, und doch auf alle Seiten offen, man hört die Geräusche des Tals, das Rollen der Güterzüge auf der Nord-Süd-Achse, ab und zu Motorflugzeuge, welche die ersten Segler des Jahres hochschleppen, sonst ist es still, ein wahrer Herrgottswinkel, im Sommer hat man das Gefühl, in einer Pulskammer des grünen Ozeans zu ruhen, rings von den Wäldern eingeschlossen, man weiß nur von den oberen Aussichtsbänken des Verkehrs- und Verschönerungsvereins, daß man sich, leicht, luftig, im Schwerpunkt des Burgenlandes befindet, denn Schruns, Schloß Lenzburg, Schloß Wildegg und die Habsburg bilden ein rhombisches Viereck, dessen Symbol, die gelbe Wanderraute, an allen Baumstämmen klebt, und das Herzstück, zu dem alle Wege führen, ohne daß man sie einzeln abzuklappern braucht, ist der Ebnet, der grüne Stechlin.

So will ich auch heute an diesem heißen Frühlingsanfang für die Dauer einer mittleren Zigarre hier ruhen und sinnen, das Pneuma des Puro inhalieren und den Schlieren nachhängen, mich von der nussigen Würze des blauen Dunstes in gewesene Räume hinab- und in künftige hinwegtragen lassen, denn ich bin an einem Satz erwacht, Gräfin, ohne daß ich wüßte, an welchem, aber es hat inwendig in mir gesprochen, der eine quälende Ewigkeit lang unterbrochene Dialog ist wiederaufgenommen worden, ich werde wieder lesen können, denn ich finde Ansprache in der märzlichen Natur, ich kann sie anreden, und sie gibt mir Antwort, die Dinge löchern mich nicht, ich sehe und benenne das sonnendurchflutete Waldgeviert mit den elefantengrauen Stämmen, den Mullteppich aus mausbraunem Laub, Buchnüßchenschalen und Aststücken, den grünen Bärlauch, die weiße Buschwindrose, die blaue Scilla.

Und dann zum andern verstehen wir, daß die Signatur oder Gestaltniss kein Geist, sondern der Behalter oder Kasten des Geistes, darinnen er lieget; denn die Signatur stehet in der Essenz, und ist gleichwie eine Laute, die da stille stehet, die ist ja stumm und unverstanden; so man aber darauf schläget, so verstehet man die Gestaltniss, in was Form und Zubereitung sie stehet, und nach welcher Stimme sie gezogen ist. Also ist auch die Bezeichnung der Natur in ihrer Gestaltniss ein stumm Wesen, sie ist wie ein zugerichtet Lautenspiel, auf welchem der Willengeist schläget; welche Saite er trifft, die klinget nach ihrer Eigenschaft.

Eine Kur wie die Blankenburgische kann man erst dann antreten, wenn man die Gesundheit im Rücken weiß. Ich komme, Frau Menscha, ich bin schon unterwegs.

Die Wasserfallfinsternis von Badgastein

Ein Hydrotestament in fünf Sätzen

Wenn ein Mensch, Herr Kurdirektor, und sei es nur ein invalider Nachtportier namens Carlo Schusterfleck, ein Vetter Michel der Schöpfung, durch Zufall, den es zwar ebensowenig gibt wie den Laplaceschen Dämon, er allein wäre in der Lage, das Tierquälerische unserer Existenz zu entziffern, als Pionier, Kronzeuge und Kamikaze in eine noch nie dagewesene, in eine Naturkatastrophe sui generis verwickelt wird, ist es seine verdammte Pflicht, alle Kräfte, auch diejenigen seiner Krankheit, aufzubieten und ein umfassendes Geständnis abzulegen, so als hätte er anstelle des Zyklons gewütet, zugleich die Instanz einer nach oben unbegrenzt offenen Richter-Skala zu verkörpern, gerade als Krüppel, quod non est in actis, non est in mundo, was nicht in den Akten steht, ist für die Welt nicht vorhanden, also zu Protokoll zu geben, was er weiß, auf die Gefahr hin, daß man ihm im Austria-Haus, wo die Kurverwaltung von Badgastein residiert, kein Wort glaubt, dieweil er an seiner Aussage verblutet;

ansonsten, nicht wahr, gehört es ja zu den Tugenden unseres Standes, fortwährend beide Augen zuzudrücken und aufs Maul zu hocken, in der Nachtportierschule von Zürich, wo wir Eleven, Stadtstreicher, Pennbrüder und bankrotte Hausierer, vom Chef-Concierge des Grandhotels Baur au Lac, Raimund Ostertag, Ehrenvorsitzender des Clé d'or Suisse, in einem

161

dreiwöchigen Abendkurs in die Geheimnisse unseres Metiers eingeweiht wurden, hämmerte man uns immer wieder den kapitalen Lehrsatz ein: Der Clavicularius verwaltet die Schlüssel zur Nacht und zum Gesundschlaf seiner Gäste, stumm wie ein Fisch, doch wachsam wie eine Eule zähmt er seine Zunge in sämtlichen Fremdsprachen, er hört alles und weiß von nichts, doch er, der Herumkommandierte, führt das Logbuch der Loge, er amtet als Aktuar der Kurruhe wie des Hotelklatschs;

was mich dermaßen enthusiasmierte, daß ich mich, noch bevor das Gerücht an unserem Institut zirkulierte, bei Direktor Kranewitter um den verwaisten Posten eines Nachtportiers im feudal verwitternden Gasteiner Hof bewarb, indem ich herauszustreichen wagte, ein Bechterew im fortgeschrittenen Zustand eigne sich besonders gut für den Schlafmützendienst, zum einen weil er, wenn auch als Negativreklame, die Kurgäste an die balneologischen Bodenschätze des vom Wildbad zum Weltbad avancierten Thermal-Monte Carlo erinnere, sodann bringe er die Berufs-buckelhaltung, die seine Konkurrenten erst mühsam erwerben müßten, als Bambuswirbelsäulensäuger von Haus aus mit, das, wenn man so wolle, absolute Gehör für primär chronische Polyarthritis, Spondylarthrosen, Weichteilrheumatismen etcetera, und letztlich verhinderten die berüchtigten Frühschmerzen, die man ohne weiteres dahingehend bestechen könne, schon nach Mitternacht einzusetzen, daß er das Vertuschungsarrivée eines spät einrückenden Roulette-Casanovas verschlafe;

162

natürlich, Herr Kurdirektor, wollte ich, jeder Schmerz ist sich selbst der nächste, nach Badgastein berufen werden, um nebenamtlich vom radonhaltigen Thermalwasser profitieren zu können, das in einem fünfzehn Kilometer langen unterirdischen Leitungssystem zirkuliert, worin ich mich, aber davon später, getäuscht haben sollte, hinzu kam, daß ich während meiner Orchesterdienerverweserzeit an der Zürcher Tonhalle zu einem Schubertianer hinter und unter der Bühne geworden war und mich besonders für das Schicksal der verschollenen Gasteiner Symphonie interessierte, die bekanntlich in jeder Biographie erwähnt wird, als Missing link zwischen der Unvollendeten in h-moll – o diese Baßkellereien im Allegro moderato – und der Großen in C-Dur, ohne daß auch nur ein einziger Ton je von einem menschlichen Gehör eingeatmet worden wäre;

kurz, der Posten wurde mir förmlich angedreht, Wach- und Kontrolldienst von elf Uhr abends bis sieben Uhr früh, Entlöhnung in Form von Speiseresten, Tagschlaf, Schweigegeldern und Kurnaturalien, als Sozialleistung die internationale Atmosphäre einer Fremdenfalle, Vertrag per Handschlag, so daß ich meine Stelle mitten in der Hochsaison, da mein Vorgänger Walberer das Opfer eines Raubüberfalls auf den Schmucksafe des Gasteiner Hofs geworden war, antreten konnte, Pfaffenbichler, Concierge, Ombudsmann und Empfangschef in einem, führte mich in einer Schnellbleiche in meine Obliegenheiten ein und übertrug mir bereits am ersten August, dem Schweizerischen Nationalfeiertag, die Schlüsselgewalt, Podgorsky, der polnische Barpianist, spielte für Carlo Schusterfleck, als Inthronisierungstusch sozusagen, den verjazzten Anfang unserer Nationalhymne, bevor er den Deckel zuklappte, und verabschiedete sich im Vestibül mit dem in der Sowjetunion für Nachtportiers gebräuchlichen Titel Notschnoj Schwejzar, Ende des ersten Satzes, Andante un poco non troppo.

Bis zur Wasserfallkatastrophe am 31. August, welche Sie, sehr geehrter Herr Kurdirektor, administrativ zunächst betrifft, sammelte ich als Kustos im Gasteiner Hof in etwa folgende Erfahrungen, fein säuberlich, sütterlinhaft, in eine Annex-Kladde zum Nacht- und Weckjournal gekritzelt, zuvörderst, daß an Schlaf überhaupt nicht zu denken war, Bechterew, Wladimir, hatte den Namen gestiftet, Von Strümpell, Adolf, entdeckte den aufsteigenden Morbus, beginnend bei den Iliosakralgelenken, Marie, Pierre, Neurologe in Paris, die absteigende Spondylitis ankylosans, welche bei den Kopfgelenken ansetzt, ich schien die Skandinavische Sonderform zu verkörpern, sogar als Patient noch ein Bastard, so oder so wälzte ich mich auf dem Begradigungsnotbett im Gepäckungemach neben der Reception, unter der Sonnerie ständig hin und her, und wenn mir die Schwerarbeit des Entschlummerns zu gelingen schien, klingelte prompt der erste Nachtstörzer;

aufgerappelt im zerknitterten Kellnerfrack, dem Erbstück Walberers, die Sauerteigmiene des Beleidigten abgelegt, in die Gummikothurne gestiegen, welche die Schläge auf die Wirbelsäule dämpfen, die Mütze in die Stirn gedrückt, so hinkte ich in die Loge, deblokkierte die Schwingtür, ließ die Alkoholfahne oder Ra-

164

donwindhose in die Halle säuseln, harkte mit dem Krückstock den auswendig gewußten Zimmerschlüssel vom Postwabenfächer, küß die Hand, Frau Medizinalrat, keine besonderen Vorkommnisse, wünschen Frau Medizinalrat geweckt zu werden für ein Dreiviertelbad vor dem Frühstück, bitte sehr, ich entwickelte mich rasch zum perfekten Habe-die-Ehre-Kakadu, unter dem Käppi und den hexenschußartigen Schmerzen zum Gast empor-, doch nach Beendigung der Zeremonie um so befreiter an ihm herabblickend bis auf die Fußspitzen, die alles verraten, ist man etwa der Schuhputzer, der Ausreibfetzen dieser Herrschaften;

und wenn der zum erblindeten Spiegelkabinett verkommene kakanische Scherengitterfahrstuhl außer Betrieb war, für einen hydraulischen Elevator die Regel, welche die Ausnahme bestätigt, begleitete ich das gähnende Treppenfleisch, das die Unverschämtheit hatte, mir buona notte zuzuhauchen, bis zum ersten Podest, bemüht um Konversation, o ja, ich wußte mich mit Redensarten zu revanchieren, es mag wohl eine Dame die Treppe hinauffallen, wenn ein Narr darunter liegt, man fange oben an zu scheuern, wenn sich der Glanz der Stiege soll erneuern, wünsche wohl geruht zu haben, ich kassierte den Zungenschilling, der Bechterew – ist ja zugleich der gebrochene Almosenblick, um in der meinem Morbus angemessenen Halbbauchlage auf die Frühschmerzen, mein Kreuz, und den nächsten Kunden zu warten;

Schlag sieben endlich, ja, ich lernte wieder zählen in Badgastein, wenn ich vom rosig rasierten Pfaffenbichler in der vieuxpruneroten Livree mit den goldenen

Reversstromlinien abgelöst wurde, schloß ich mich in der Anrichte der Kaffeeküche dem Personalfrühstück an, altbackene Semmeln, zu hart geratene Gipseier, während im Speisesaal das Frühstückspersonal um die Tischchen scharwenzelte, spülte mit der Maikäferbrühe und verkroch mich in die aufgelassene Lingerie in der Dependance, um meine Gymnastik zu absolvieren, die Klappschen Kriechübungen aus dem Vierfüßlerstand, mit den Fingern wandaufwärts klettern bis zur Bleistiftmarke, das Wichtigste waren die Lungenetüden, denn, wie Sie wissen, Herr Kurdirektor, wird der Brustkorb durch den Sklerisierungsprozeß mehr und mehr zusammengedrückt, ein gürtelförmiger Schmerzpanzer, ein Organ bedrängt das andere, weil der Resonanzraum schrumpft, letztlich kommt es zu Panikausbrüchen von Herz, Leber und Niere, die Galle, mit der ich dieses Testament aufzeichne, wird schwärzer und schwärzer, im Endstadium gleicht der Bechterewtorso einem blank genagten Krummsaurierskelett und erinnert an ein paläolithisches Picknick, denn die Eingeweide haben sich selbst verzehrt;

dann aber, wenn es mir gelungen war, die Etagenkellner, Casserolenputzer und Bagagisten abzuschmettern, die mich alle für ihre Zwecke einspannen wollten, stand mir der ganze Kurort zur Verfügung, Carte blanche, so glaubte ich, ein bißchen dösen, ein bißchen schwadern, leider gab es, und Sie werden mein Präteritum noch fürchten lernen, einen widerhäkischen Paragrafen in der Kurverordnung, wonach es allen Bediensteten während der Hochsaison untersagt war, sich am thermischen Glücksspiel, so Kranewitter,

zu beteiligen, der Bechterew-Zug im Heilstollen war
für Wochen ausgebucht, im Dunstbad riß man sich
um die kopffreien Kästen, die Solitärwannen im Souterrain blieben für die Gäste reserviert, das Militärho-
spiz befand sich im Umbau, die Fledermaus-, die
Doktor-, die Chirurgenquelle, alles in allem 4,6 Millio-
nen Liter 43 Grad warmes Radonwasser pro Tag, aber
nicht für den Nachtportier Carlo, und dies, daß ich wie
ein Schiffbrüchiger auf offener See verdursten sollte,
raubte mir vollends den Schlaf, den man jeder Ratte
am Tag gönnt, ich strolchte als Wahrzeichen der
schlimmsten Rückenkrankheit durch Badgastein, von
keinem bemitleidet, denn wer mich einherhinken sah
als Diable boiteux, wähnte mich in Therapie, was mir
noch blieb, war der Trinkbrunnen im Wasserfall-Lese-
saal des Austria-Hauses, wo Grillparzers Gedicht
»Abschied von Gastein« an der Wand zu tönen schien,
war, zum Glück, der Wasserfall selbst, Ende des zweiten Satzes, Notturno grave.

Was, mit Verlaub, Herr Kurdirektor, sind alle Hy-
droganten der Welt, an der Spitze der Angel in Vene-
zuela mit 978 Metern Sturzhöhe, was die Sutherland-,
die Viktoria-, die Niagara-Fälle, der Gavarnie und der
Staubbach bei Lauterbrunnen gegen diese unsere, ich
sage meine Ache, denn es war Liebe auf den ersten
Blick, die in drei Kaskaden von der Pyrker-Höhe
durch die tief ausgefräste Schlucht unter der Straubinger Brücke hinweg nach Badbruck hinunterdonnerte,
vom Wasserboden oberhalb der Franzmeierschen
Säge schäumten die Garben über den Bärentritt und
um den Christuskopf ins erste Gletschermilchbecken,

die naßglänzenden Klammwände verengen sich zur Port, gepreßt schoß der Stieber hervor und sprühte als tanzende Schleierhose über den senkrechten Felsabbruch, umtoste das Straubinger, dann wechselte man das Geländer und ließ sich mit den glitzernden Gischtbärten und Geisirwolken in den Abgrund und den Strudelkolk von Grabenstätt spülen;

als wirbelsäulenverkrüppelter Ochsenschlepp kommt man ja nur schwer an solche Naturschauspiele heran, aber hier auf der bequemen Kommandobrücke mit dem Messingschild von Rotary International – Luftionisierung durch die Zerstäubung des Gießbaches – spannte ich meinen Thorax zum Bersten und kämpfte um jeden Zentimeter Horizont, himmelwärts verneigte sich der absteigende Typus, hier bewunderte ich, unerachtet meiner Iritis, die Regenbogensegmente über dem Schaum, ließ ich mich begischten und inhalierte das potenzierte Radonozon, die Sophienquelle entsprang ja mitten in der Schleierstufe, und um die Ecke am Hotel Straubinger verkündet die Gedenktafel des Wiener Musikvereins, daß Schubert hier die durch ein Mißgeschick verschollene Gasteiner Symphonie komponiert habe im Sommer 1825, zuerst die Unvollendete, dann die Verschollene, dachte ich, wenn sie sich nicht im dritten Satz der Großen verbirgt, doch mit C-Dur, der Czernyhottentottentonart, kam man dem ohrenbetäubend tumultuösen Wassertornado nicht bei, eigentlich bot sich nur E-Dur an, vier Kreuze, hart wie Zentralgneis;

und wenn ich bei Kräften war, mir ein Geselchtes in der Prälatur geleistet hatte, erklomm ich den Wasser-

fallsteig hinter dem kaisergelben Badeschloß, auch so
eine Balneopathenruine, hielt inne beim Mittereck-
Wehr, später auf der Schreckbrücke, wo ich dem
Gesang der Geister in den Wassern lauschte, dann
stieg ich von der Pyrker-Höhe zum sogenannten Echofelsen hinunter, unweit von Waggerls Geburtshaus
Bergfriede, hier wurde das Rauschen des Bärenriegels
an den konkaven Findling geworfen, und wenn man
sich, etwa zwei Schritte vom Kandelaber entfernt, in
den Brennpunkt des akustischen Spiegels stellte, hörte
man das Tosen im Stein drin, auf dem in Antiqua-
Lettern stand: »Gastuna tantum una«, es gibt nur ein
Gastein, immer war ich von der Idee besessen, wenn es
gelänge, Herr Kurdirektor, das verkorkste Kreuzrip-
pengewölbe meines Bechterewbuckels in dieses Echo
der Natur zu schmiegen, quasi in ihr Urgeräusch,
müßte der Versteifungsprozeß zu stoppen sein, wirksa-
mer als oben im Heilstollen, sollte das Thema der
Verschollenen mitklingen;

    das Rückentosen im Stein war meine Gasteiner
Naturheil- ebenso wie meine Schubertforschungsme-
thode und kostete keinen Groschen, so daß ich mir ab
sechzehn Uhr das Kurkonzert des Funeralienoperet-
tenoktetts im Hufeisen des Kongreßhauses bei einem
kleinen Braunen und einem krummen Hund zu Gemüte führen konnte, Wien bleibt Wien, tröstlich, dies
hier oben schrammelselig versichert zu bekommen in
dieser einmaligen Mischung aus Sinfoniettenramsch-
kolportage und Provinzstehgeigervirtuosität, ein acht-
stimmiger Ohrenkaiserschmarren und Kontrapunkt-
schmäh, der aber von den Bresthaften aus aller Herren

Ländern ohne Nebenwirkungen verdaut zu werden schien, so bunt wie das Arrangement »Von Meister Lehar persönlich« waren die schlagobersdressierten, mit Nougat gespickten und von Sonnenschirmchen gekrönten Eisbecher;

Zeit genug, die Leute zu studieren, hatte ich traun fürwahr, und ich sage Ihnen, Herr Kurdirektor, habe die Ehre, daß Dominicus de Gravina, Seneca, Thukydides und Konsorten – der Laie borgt, das Genie stiehlt, Krankheit macht erfinderisch – gewaltig irrten mit der letztlich von Spinoza zum Sprichwort erhobenen Ansicht: »Solamen miseris socios habuisse malorum«, Trost für jeden im Leid ist es, Leidensgefährten zu haben, eher müßte es heißen, Solamen miserum... ein elender Trost ist es, denn es gibt keinen schlimmeren Konkurrenzkampf als die Naturheilrangelei von halbwissenschaftlichen und dennoch pflanzlich geschützten Patienten, die, in Wirklichkeit kerngesund, vom Wahn angesteckt sind, einer möglichen Spondylarthritis vorbeugen zu müssen, Gastein ist, vielmehr war ein Sammelbecken von Profil-Prophylaxis-Profit-Profi-Neurotikern, jeder versuchte, dem andern das Radonwasser abzugraben, dabei wäre genug dagewesen, selbst für die Leibeigenen der Hotellerie, hundert Sekundenliter, man höre und staune, doch die Angst, von Gastuna stiefmütterlich behandelt zu werden, verwandelte die Touristen in eine beschwipste Thermalmeute rücksichtsloser Genesungsgewinnler, alle hatten das Goldflackern im Blick wie früher die Knappen am Radhausberg, Ende des dritten Satzes, Allegro assai tumultuoso.

So etwa ab zweiundzwanzig Uhr, wenn unten im Casino über dem Kesselfall das Roulette begann, wo der Heilsmachiavellismus im Glücksspiel seine Potenzierung fand, corriger la fortune, hielt ich mich in der Kalten Küche des Gasteiner Hofs für meinen Einsatz bereit, schnappte mir einen Tafelspitz, ergötzte mich an Podgorskys Improvisationen, hörte die Champagnerpfropfen knallen und das Gelächter in der Bar des Steirischen Engels, diese Aprèsradonkreuzfidelität als Geselligkeitskitsch, und freute mich schon auf die Stunde des Wolfs, wenn das Hotel so ausgestorben sein würde, daß ich mich in den Speisesaal mit den glastoten Pendeloques-Lüstern und den specklasurierten Wasserfallschinken schleichen und im Vestibülschein am Blüthner Schuberts Verschollener nachspüren konnte, als Bechterew über die Tasten gekrümmt, mit dem Dämpfpedal natürlich und immer gefaßt auf das Schellen der Nachtglocke oder das Summen der Sonnerie, es mußten, nach dem Versiegen der Unvollendeten, drei Sätze gewesen sein, drei Kaskadensprünge, in der Mitte vielleicht ein schmissiges Scherzo mit einem larghettösen Trio, aber das Eröffnungsthema, Herr Kurdirektor, die dem Klopfmotiv von Beethovens Fünfter entsprechenden Wasserfalltakte;

item, als Bewegungstherapie gegen die Frühschmerzen hatte ich mir angewöhnt, gegen vier Uhr, wenn mit keinem Ruhestörer mehr zu rechnen war, einen – wenn auch illegalen – Rundgang durch die Hotelschlucht zu machen, schläft der Schillerhof, schläft das Kurhaus Jedermann, und an diesem besagten 31. August stieg ich zunächst zum Echofelsen hinauf, um den Ton im Stein abzunehmen für meine notturnale Rekonstruktion, doch mir fiel auf, als erstes, daß es für den Hochsommer zu dunkel war, Dämmerungsverspätung, würde ich notieren und melden müssen, zweitens vermißte ich zunehmend das Wasserfallrauschen, in der Hochsaison wurde die Ache nie gestaut, nachts sogar als Attraktion Nummer eins beleuchtet, dieses wunderbar gleichförmig traumlösende Crescendo des Wildpads, ja, man meinte, wenn man lange genug hinhörte, es schwelle an, jetzt verstummt, zumindest der Widerhall im erratischen Block aus der Würmeiszeit, ich schlug mit dem Krückstock dreimal an die Wölbung, Gastuna tantum una, das Urgeräusch blieb aus, aber die Messinglettern des Werbespruchs fielen wie schlecht befestigte Beileidsbuchstaben auf Kranzschleifen zu Boden, ein Haufen Zwiebelfische, eine zerstörte These;

so daß ich, unerachtet der Fersenstiche, hinüber hinkte zur Stiebenden Brücke in der Schreck, wo der Badberg und der Gamskarkogel zu jener Klammsteilstufe zusammenrücken, die der Gießbach in Jahrtausenden ausgeschliffen hat, nachzusehen, was los sei, mißrät die Kur, verkommt man zu einem Kuriosum, einem Ausbund an Neugierde, dieses opake Dämmerdunkel, kein Stern am Himmel, und da, nein, hatte man Worte, horribile dictu, sollte ich doch auf den Buckel fallen, er war versiegt, naßglänzend wie die Finsternis zur sechsten Stunde starrte mir die Maske der zerschundenen Natur entgegen, ein Georiß mitten durch Gastein, als hätte sich die Erde aufgetan, dieses

Fremdengezücht zu verschlingen, ich sah nackt wie nie zuvor die Strudeltöpfe, Schmirgelkolke und Felsenschliffe im Zentralgneis, der hier besonders schroffzakkig hervortritt, sah den blanken Christuskopf als schwarzgoldbleckenden Pyritschädel, spätige Sturzrinnen und zinkblendene Fräswunden, hier, wo die letzte Gletscherzunge über die Mittereck-Kante gelappt hatte, klaffte paläolithisch vorsintflutlich eine Selbstmordschrunde, das Uranpechherz mit einem Stich ins Violette, kein Zweifel, der Wasserfall hatte sich umgebracht, zurückgenommen die Bären-, die Schleier-, die Kesselkaskade, mir, Carlo Schusterfleck, eröffnete sich die Kluft eines Nottestaments, eigenhändige Schriftlichkeit genügt, also die Signatur der reziproken Überflutung, Missingwater, woher ich wußte, werfen Sie ein, Herr Kurdirektor, daß es ein Suizid als Staatsstreich der Natur war, nun, für Orohydrographie hatte ich schon immer ein Sensorium, als Bechterew für entzündliche Revolutionen des Skeletts dazu, wer ein solches Kreuz trägt, wird hellhörig für Umweltkatastrophen, Ökopleiten, sehnt sie, offen gestanden, förmlich herbei, jedes Ding, so Jakob Böhme, hat seinen Mund – »De rerum signatura« – zur Offenbarung, die Schälle urständen aus der Essenz, hier in dieser Kehle, Gargar, Cañon, Caille war sie verdorrt, und ich hörte, wie sich unten in der Entrischen Kirche, der Tropfsteinhöhle oberhalb der Gasteiner Klamm, ein Earthquarkgrollen löste, wie erdrutschartig ein Felsriegel zugeschoben wurde, um dieses Zufallsgeschlecht von Balneonausen in die Talwanne einzusperren und an den Ort des Verbrechens zu bannen, dem

Zirbensterben konnte man ausweichen, weil man vor lauter kranken Bäumen den Wald nicht zu sehen brauchte, der Wasserfalleiche nicht, die Flüsse gehen den Völkern voran, die Wüsten folgen ihnen, Herr Kurdirektor, zu Ihren Händen diktierte mir die Ache folgendes Testament;

Erstens, aus Protest gegen die hirnwütige Ausbeutung der Gasteiner Therme, eines unter vielen Beispielen für den Raubbau der Menschheit an ihren Ressourcen, habe ich mich, die Gischtende, was mit Hilfe aller in mein Bett geleiteten Abwässer ein leichtes war, vergiftet und, wörtlich, aus dem Staub gemacht, und ich verfüge letztwillig, daß alle achtundvierzig Heilquellen mir nachfolgen und versiegen werden; zweitens, die Radium-Emanation, das eigentliche Wunder des Wildbads, wird rückgängig gemacht, die Tochtersubstanz, das Edelgas Radon, baut sich in den übriggebliebenen Tümpeln und Tankvorräten zur vollen Radioaktivität und unverminderten Strahlenschädlichkeit auf, womit der Weltkurort ab sofort zu einem Verseuchungszentrum erster Güte verkommt und ein für allemal erledigt ist; drittens, meine, die Missingwater-Finsternis oder Hydronox und -noxe wird andauern über die neunte Stunde hinaus, so daß unter den erwachenden Gästen eine Panik ausbricht, im Stollen dergestalt, daß der Bechterew-Zug im erkalteten Tunnel steckenbleibt und der plötzliche Kur- und Naturentzug zu einem kollektiven Klaustrophobie-Infarkt führt, dekompensierte Herz- und Kreislaufverhältnisse in der Tat, das ganze Tal aber von Dorfgastein über Hofgastein und Badgastein bis hinauf nach Sportgastein ist, gedakt, eine einzige Hochgebirgsangströhre, alle stürzen auf jenen Notausgang zu, der vermauert ist, die Krankheit, ja, sogar das Recht auf Leiden haben die Enterbten verscherzt, der Schlaf, der ihnen noch verbleibt bis zum weckenden Frühschock, ist bereits der Zins des Todes; viertens, dir, Carlo Schusterfleck, der du mit untergehen wirst, erfülle ich einen, den letzten Wunsch, indem ich das Geheimnis der Verschollenen lüfte, Schubert hat die richtigerweise neunte Symphonie aus Gmunden mitgebracht und im Hotel Straubinger binnen drei Wochen vollendet, e-moll, Andante non troppo, Scherzo und Allegro di molto, aber bei seiner wie immer überstürzten Abreise die Partitur im Zimmer vergessen, gefunden wurde sie vom Wirt und Gemeindepräsidenten von Badgastein, Veit Straubinger, der Noten lesen und somit erkennen konnte, daß Schubert das Finale mit einer für die Romantik noch unvorstellbaren Dissonanz, einem Riß durch das Gebäude abbrechen ließ und damit den Zusammenbruch – er, Schwammerl – des Kurorts prophezeite, worauf Straubinger die Blätter zerriß und in den Kesselfall streute; fünftens, dort unten auf dem Gneisgrund von Grabenstätt ist die komplette Gasteiner Symphonie in Neumen-Schrift, Punctum, Scandicus, Salicus, Flexa, Gnomo, Epiphonus und was der stenographischen Kürzel mehr sind, in den Fels geschliffen, freilich von keinem Geologen, Hydrologen oder Musikologen zu entziffern, weshalb ich dir rate, dich zur Beurkundung dieses Nottestaments, das zwei Zeugen unterschreiben werden, du als Notschnoj Schwejzar einerseits, als Bechterew ander-

175

seits, in den Wasserfallsaal zu setzen und Grillparzers
Stanzenfresko »Abschied von Gastein« auf dich wirken
zu lassen, du wirst sie hören, die verschollen Ge-
glaubte, wenigstens die ersten Takte, Ende des vierten
Satzes, Allegro apocalittico.

Manche, so lernten wir in der Nachtportierschule
bei Raimund Ostertag, haben einen Schlüssel zu aller
Leute Hintertüren, nur nicht für die eigene, zum
Glück, wie sich jetzt herausstellte, hatte ich mir recht-
zeitig einen Passepartout für die signifikanten Lokali-
täten des Kurorts zu verschaffen gewußt, so daß ich,
nachdem ich der Blutsteinschrunze entlang zur Straubinger Brücke hinuntergestiegen war, ja, der Selbst-
mordglanz erinnerte mich an diesen Hämatiten, den
die meisten Gäste als Brosche, Amulett oder Ring
trugen, ohne Schwierigkeiten ins Austria-Haus ein-
dringen und im ersten Stock verifizieren konnte, daß
der Trinkbrunnen der Fledermausquelle zu sprudeln
aufgehört hatte, es war kalt und gruftstill wie in einer
marmornen Wallhalla, ich setzte mich an eines der
Lesepulte, mit dem Rücken zur andauernden Finsternis, es war nun die erste, nach abendländischer Zäh-
lung die sechste Stunde, schrieb das Testament ins
reine beim Schein meiner Taschenlampe, und als ich
die Urkunde ausgefertigt, mit meiner doppelten Un-
terschrift besiegelt hatte,

begann das Gedicht an der Wand menetekelhaft
aufzuflammen – »Denn wie der Baum, auf den der
Blitz gefallen,/ Mit einem Male strahlend sich verklärt« – natürlich, wie hatte ich das nur übersehen
können – »Und was euch so entzückt mit seinen

176

Strahlen,/ Es ward erzeugt in Todesnot und Qualen« –
Schubert hatte nicht, wie der Laie annehmen könnte,
den Wasserfall, die drei Kaskaden vertont, sondern –
»Die Klippen, die sich ihm entgegensetzen,/ Verschö-
nen ihn, indem sie ihn verletzen« – die Stanzen seines
Freundes aus dem Sommer 1818 – »Was ihr für Lieder
haltet, es sind Klagen/ Gesprochen in ein freudenloses
All« –, und erst als ich das begriffen hatte, Herr
Kurdirektor – »Und Flammen, Perlen, Schmuck, die
euch umschweben/ Gelöste Teile sind's von meinem
Leben« –, daß der Komponist von der Terrassendyna-
mik, von der majestätischen Freitreppe des dreimal
wiederholten Reimpaares AB ausgegangen war, daß es
die Künste sind, welche die Künste beflügeln,

hörte ich das Eingangsmotiv der Wasserfall-Sym-
phonie, ertönte die Neumen-Signatur unten in Grabenstätt, aufsteigender Typus, Herr Kurdirektor, und
siehe, was kein Schubertologe auch nur im entfernte-
sten in Betracht zu ziehen gewagt hätte, es war eine
Rosalie, ein Schusterfleck, es begann als tiefe Cello-
Kantilene, verstärkt durch die Oktave der Bässe, und
wurde zweimal hintereinander mit sämtlichen Begleit-
stimmen um eine Stufe höher transponiert, von der
Kessel- auf die Schleier-, von der Schleier- auf die
Bärenschwelle, vielmehr, weil, frei nach Kant, der
Dietrich zu den Naturerscheinungen nicht in unserem
reinen Denken liegt, von Doppelverstreppe zu Doppelverstreppe, ich aber, der verkrüppelte Habe-die-Ehre-
Kakadu, besaß als einziger den Schlüssel zur Verschollenen,

ausgerechnet mir hatte Schubert, indem er einen

Vetter Michel stehen ließ, ein, nein, Denkmal wäre zu
hoch gegriffen, sagen wir uns, alle gebeutelten Nachtportiers der Welt hatte er in der neuen neunten Symphonie verewigt, und es war nur die Frage, wie man
eine musikalische Flaschenpost aus einem kollabieren-
den Kurort hinausschleudern sollte, sicher nicht, indem man Alarm schlug, bei wem denn, bei der Feuer-
wehr, im Kraftwerk Böckstein, Sie, Herr Kurdirektor,
aus dem Schlaf zu reißen, wäre das Verfehlteste gewesen, nein, der Weckdienst lag hinter mir, zu spät und
doch noch Zeit genug, den Bösendorfer Flügel im
Nebensaal, der ab und zu von Virtuosen dritten Ran-
ges malträtiert wurde, in Ergänzung der Promenaden-
konzerte, an die Fensterfront zu rücken und die Löcher
aufzureißen, gesagt, getan, und ich hämmerte ohn
Unterlaß die Cello-Kantilene der Verschollenen in die
Finsternis, in der Hoffnung, daß vielleicht ein Schlaf-
wagenpassagier des Hellas-Istanbul-Expresses, der um
sechs Uhr siebzehn an Badgastein vorbeischnaubte,
die Melodie, gerade weil er sich über die Dunkelheit
wunderte, aufschnappen, nach Salzburg, ,womöglich
nach Wien entführen und immer wieder vor sich hin-
pfeifen würde wie ein Volkslied, das so betörend her-
umschwirrt, daß es letztlich sogar den Stein eines
Musikologen zu erweichen vermag und, sofern es zufällig ein Schubertologe ist, zur Erkenntnis bringt: das
ist sie; war denn die canzonaccia »Rosalia mia cara«
anders unter die Leute gekommen, nein, und was
dieser Schnulze recht war, würde der Gasteiner Symphonie, zumindest dem Wasserfallmotiv, wohl billig
sein dürfen, also gab ich mein Bechterewsches Früh-

178

konzert, das erste meines Lebens, und war im übrigen gespannt darauf, was den Balneologen an lebensret- tenden Sofortmaßnahmen einfallen würde beim Aus- bruch der Panik, Ende des fünften Satzes, Vivace poco a poco accelerando.

Inhalt

5 Der Puck
   Ein Eismärchen

23 Blankenburg
   Zustandsbericht eines Leselosen

159 Die Wasserfallfinsternis
   von Badgastein
   Ein Hydrotestament in fünf Sätzen

Hermann Burger

Die Künstliche Mutter
Roman
268 Seiten, Leinen, 1982
und Fischer Taschenbuch Bd. 5962

Diabelli
Erzählungen
Collection S. Fischer
Fischer Taschenbuch Bd. 2309

**Die allmähliche Verfertigung
der Idee beim Schreiben**
Frankfurter Poetik-Vorlesung
Collection S. Fischer
Fischer Taschenbuch Bd. 2348

Ein Mann aus Wörtern
Collection S. Fischer
Fischer Taschenbuch Bd. 2334

Kirchberger Idyllen
Collection S. Fischer
Fischer Taschenbuch Bd. 2314

**Schilten
Schulbericht zuhanden
der Inspektorenkonferenz**
Roman
Fischer Taschenbuch Bd. 2086

S. Fischer Verlag
Fischer Taschenbuch Verlag